wer immer bleibt

wo er war

wird nie dahin kommen

wo er sein könnte

wenn er gegangen wäre

Hinter dem Wald

Matthias Wehrwein

Bibliografische Information der Deutschen Nationalbibliothek
Die Deutsche Nationalbibliothek verzeichnet diese
Publikation in der Deutschen Nationalbibliografie;
detaillierte bibliografische Angaben sind im Internet
über http://dnb.d-nb.de abrufbar.

Wehrwein, Matthias
Hinter dem Wald
Herstellung und Verlag:
Books on Demand GmbH, Norderstedt
© 2007 Matthias Wehrwein

ISBN 9783837002331

Inhalt

Entführt

Es war ein ganz gewöhnlicher Schultag. Wie üblich ging Maximilian, genannt Max aus dem Haus. Er verabschiedete sich nicht von seiner Mutter. Sie lag wie so oft in ihrem Schlafzimmer und schlief den Rausch vom Vorabend aus.

Max schnappte sich seinen Ranzen und hetzte zum Bus. Wie immer waren nur noch Stehplätze verfügbar. Wie jedes Mal wurde Max von den älteren Schülern hin und her gestoßen und hatte große Mühe, nicht zu stürzen. In einer scharfen Kurve stieß er sich das Kinn an einer Feder die ein jüngerer Schüler voller Hingabe aus der Lehne seines Sitzes gepult hatte. Das schmerzte!

An der Schule angekommen drängten alle aus dem Bus, ohne Rücksicht auf Verluste. Einige Kleinere blieben verängstigt sitzen und warteten auf den Abzug der Meute.

Max wurde von der Masse der Kinder aus dem Bus gespült. Der Henkel seines Ranzens riss brutal ab, als Friedrich Max rücksichtslos überholte.

"Pass doch auf" murmelte Maximilian, aber ein scharfer Blick von Friedrich brachte ihn zum Schweigen. Diesem seinem bestgehassten Klassenkameraden durfte und wollte Max nicht in die Quere kommen.

Friedrich war immer wieder in Streiche und andere Gaunereien verwickelt. Man munkelte sogar von Ladendiebstahl. Das wurde aber nie bewiesen. Gegenüber Erwachsenen wand er sich mit seinem einfältigen Charme stets wieder heraus.

Gut gebaut und sportlich, verstandesmäßig allerdings keine große Leuchte, diesen Mangel glich Friedrich dadurch aus, dass er es im Unterschleif und Spicken zu einer wahren Meisterschaft gebracht hatte. Außerdem sorgte er dafür, dass seine schwächeren Mitschüler die Hausaufgaben für ihn mitmachten. Ihm fehlten dazu nämlich Lust und Zeit. Seine Nachmittage verbrachte Friedrich vor allem auf dem Sportplatz und im Kraftraum beim Hanteln.

Max stieg vorsichtig aus dem Bus aus, geradewegs in die einzige Pfütze, die auf dem ganzen Parkplatz vorhanden war.

"Scheiße", murmelte er, sein rechter Schuh sog sich im Handumdrehen voll.

Max humpelte zu einer Bank, die für die wartenden Busschüler bereitstand und über und über mit Graffiti beschmiert war. Er setzte sich vorsichtig und versuchte seinen Schuh trockenzulegen. Dass gelang allerdings nur schlecht.

Er musste sich beeilen, sonst würde er zu spät kommen. Das wollte er unbedingt vermeiden. In der ersten Stunde gab es Englisch und Mrs. Kiesweather rief mit Vorliebe unpünktliche Schüler an die Tafel. Dort führte sie mit ihnen dann ein Gespräch auf Englisch.

Max wollte sich auch noch etwas für die Pause besorgen. Zum Glück befand sich in unmittelbarer Nachbarschaft zur Schule die Bäckerei "Hagelstolz".

Dort besorgte er jeden Morgen sein Pausenbrot. Meistens waren es süße Teilchen, wie Plunder oder Schnecken. Die waren zwar nicht gesund, wie Max wusste, aber was machte das schon?

Seine Mutter interessierte sich kaum für ihn und seine in letzter Zeit stark zugenommene Leibesfülle. Kaum einmal kam eine Frage: "Wie war's in der Schule?"

Solange er seine Pflichten zuhause erfüllte, ließ sie ihn meist in Ruhe. Außer sie hatte einen schlechten Tag, was in letzter Zeit immer häufiger vorkam.

Max hatte oft Streit mit seiner Mutter. Meistens ging es darum, dass Max irgendwelche Aufgaben im Haushalt nicht erfüllt habe. In der Regel stimmte das nicht. Max war ordentlich und zuverlässig.

Den letzten großen Krach gab es am Vortag. Max hatte feststellen müssen, dass die Mutter den Fernseher versetzt hatte. Vom Erlöß hatte sie sich Alkohol besorgt.

Das Gerät an sich war nicht viel wert.

Max hätte es gewundert, wenn sie beim Pfandleiher mehr als 20 Euro bekommen hätte.

Der Apparat war ein Geschenk seines Vaters zum sechsten Geburtstag gewesen, darum hing Max sehr daran.
Er hatte seine Mutter zur Rede gestellt, aber sie sah keine Schuld bei sich. Außerdem war der Erlös längst schon vertrunken.
Manchmal erschrak Max über die Menge, die seine Mutter zu schlucken imstande war. Aber er hatte sich mittlerweile halbwegs daran gewöhnt.
Gestern jedenfalls war er ausgerastet und hatte im Wohnzimmer gewütet, die Stehlampe gegen die Wand geschlagen dass sie zerbrach. Mamas Sammelteller, einst ihre große Leidenschaft, riss er vom Regal herunter und trampelte darauf herum. Später tat es ihm Leid und er fegte die Bruchstücke zusammen.
Seine Mutter stand daneben, so sehr im Rausch versunken, dass sie nur leer in den Raum glotzte und hysterisch lachte. Sie begriff nicht, was Max da getan hatte und setzte die Flasche Jamaika-Rum an ihre spröden Lippen. Der nächste große Schluck gab ihr den Rest. Sie sackte an Ort und Stelle zusammen, Maximilian schob sie in ihr Schlafzimmer und legte sie aufs Bett. Seine Mutter war in letzter Zeit leichter geworden, bemerkte er. Er deckte sie warm zu und gab ihr einen zarten Kuss auf die Stirn.
 Max konnte nie lange sauer auf sie sein. Er wusste, dass sie nichts dafür konnte. Er glaubte, dass sie nichts dafür konnte.
Die Trinkerei hatte vor zwei Jahren angefangen. Fast ein Jahr, nachdem Vater verschwunden war. Eines Tages kam er einfach nicht von der Arbeit zurück. Seine Mutter hatte das zur Kenntnis genommen und es tat ihr wohl schon Leid. Ihre Gefühle für den Verlust konnte sie aber nicht in Worte fassen.
Mama redete nie darüber, wo Vater jetzt war. Wahrscheinlich wusste sie es auch nicht. Deshalb vermied Max das Thema.

Else Grubenberger hatte damals im Supermarkt „Gut&Günstig" gearbeitet. Nicht ihr Traumjob, aber immerhin eine Arbeitsstelle.
Eigentlich hatte sie Kunst studiert. Von Kunst aber, hatte sie schon damals geklagt, könne man nicht leben.

Sie war nicht sonderlich ehrgeizig, obwohl sie durchaus das Zeug dazu gehabt hätte, etwa in einem Museum die Sammlungen zu betreuen.

Ein Plakat im Supermarkt um die Ecke verhieß schnelles Geld ohne große Anstrengung. Else stellte sich vor und wurde als Kassiererin auf Basis einer geringfügigen Beschäftigung eingestellt. Das Geld war nicht viel, aber ein netter Beitrag zum Haushaltsgeld, solange es noch das Gehalt des Vaters gab.

Als dann dieses zweite Einkommen wegfiel, war Sparen angesagt. Else Grubenberger hatte ein paar Tausender zurückgelegt und das reichte fürs Erste.

Bald war sie von der Arbeit frustriert, denn Kreativität war dort kaum gefragt. Zum Ausgleich malte sie nach der Arbeit. Nach dem Verschwinden ihres Mannes wurden ihre einst so farbigen und lebhaften Bilder zunehmend trist und eintönig. Sogar Max war erschrocken. War das noch seine Mutter?

"Mama, mal doch wieder mal was Buntes!" hatte er sie angefleht, doch sie hatte nur entgegnet "Wozu?"

In dieser Zeit war sie anscheinend zerbrochen und Max hatte erstmals Spuren ihrer einsamen Saufgelage entdeckt. Anfangs versuchte sie noch, ihre Trinkerei zu verbergen, als sie jedoch immer mehr zunahm, fiel das dem Zwölfjährigen auf, der mit wachen Augen durch die Welt ging. Seine Mutter fühlte sich ertappt, aber statt aufzuhören trank sie weiter.

Max wusste nicht, wie er damit umgehen sollte und begann, Unmengen von Süßigkeiten in sich hineinzustopfen. Er ging nicht mehr zum Fußballspielen oder ins Freibad. Er verließ das Haus nur noch für die Schule und zum Einkaufen, um Fragen nach der Befindlichkeit seiner Mutter aus dem Weg zu gehen.

Sie hatte ihn in einem wachen Moment beiseite genommen. Er hatte ihr versprechen müssen, niemandem etwas von ihrem Problem zu erzählen. Das Jugendamt würde Maximilian Grubenberger sonst in ein Heim stecken. Sie wollte ihn nicht verlieren und Max wollte nicht in ein Heim, das schweißte sie zusammen Der Junge sah allerdings immer weniger Grund, warum er zuhause ständig seine launenhafte Mutter ertragen sollte.

Nachdem sie wegen eines Katers mehrfach unentschuldigt nicht zur Arbeit gekommen war, wurde ihr gekündigt. Nun lebten sie von Sozialhilfe.

Max sorgte dafür, dass er genug davon abzeigte, bevor Mutter das gesamte Geld in Alkohol umsetzen konnte.

Zum Einkauf von Lebensmitteln brauchte er einen großen Teil des Geldes. Nicht immer war es genug.

Oft fragte er beim Geschäftsführer nach abgelaufener Ware, die er dann günstiger oder sogar umsonst mit nach Hause nehmen durfte.

Max betrat den Bäckerladen. Es waren noch zwei Kunden vor ihm an der Reihe. Er stellte sich brav hinten an. Die Verkäuferin erkannte in ihm sofort ihren treuesten Kunden und rief freudig: "Ja, der Max, guten Morgen! Wie geht's? Wie geht's der Frau Mama?" Maximilian hatte sich für derartige Unterhaltungen eine Standardantwort zurechtgelegt, die die freundliche Frau zufrieden stellen konnte und das meist auch tat: "Passt schon."

Über das füllige Gesicht der Verkäuferin breitete sich ein Strahlen aus, denn sie hatte Max in den letzten Jahren lieb gewonnen. Sie wartete geradezu darauf, dass er hereinkam und sein Frühstück abholte. Dass er immer fülliger wurde, bemerkte sie nicht. Wahrscheinlich freute sie sich sogar darüber, sie hielt wenig von dürren Bohnenstangen.

Max legte das Geld auf den Teller, schnappte sich die Tüte mit der Apfeltasche und dem Quarkteilchen und verließ mit einem freundlichen "Auf Wiedersehen!" den Laden.

Zuweilen war er von der freundlichen Bäckersfrau genervt, aber gerade heute hatte ihm die freundliche Anteilnahme gut getan.

Max schlenderte hinüber zur Schule. Der Unterricht hatte schon begonnen. Das war nicht gut, aber Max hatte sich in den letzten Jahren ein dickes Fell zugelegt gegen Ermahnungen und Standpauken von Lehrern.

Max schlich durch die Flure bis zu seinem Klassenzimmer. Er lauschte an der Türe. Mrs. Kiesweather hatte schon mit der Abfrage begonnen, es bestand also keine Gefahr für ihn.

Leise öffnete Max die Tür und glitt hinein.

"Guten Morgen", sagte er zaghaft in Richtung der Lehrerin, "Entschuldigen sie bitte die Verspätung. Beim Bäcker war so viel Andrang."

Mrs. Kiesweather war eine liebe Person, aber auch sie hatte Prinzipien: "Max, that's not correct. If you have to buy some bread, you have to get up earlier in the morning. Lesson starts at eight o' clock. You're late."

Max tat zerknirscht: "Mrs. Kiesweather, es tut mir wirklich sehr Leid, aber der Bus kommt immer so knapp."

"All right, sit down."

Max schlich auf seinen Platz in der letzten Reihe, nicht, ohne Aishe, seiner heimlichen Flamme zugezwinkert zu haben. Er wusste nicht, was sie über ihn dachte, aber zumindest hatte er von ihr noch nie Prügel bekommen. Max war sehr angetan von ihr, aber zu schüchtern, sie anzusprechen.

Er ließ sich auf seinem viel zu kleinen Stuhl nieder und holte umständlich aus der Büchertasche sein Englischbuch, die Hefte und sein Schreibzeug. Er legte alles auf den Tisch in einer sorgsam ausgeklügelten Anordnung, die Außenstehende nur schwer durchschauten, aber für Max machte sie Sinn und gab ihm Sicherheit.

Sein Tischnachbar Sebastian war von dem umständlichen Aufbau der Utensilien regelmäßig genervt, sagte aber nichts. Er hob nur leicht eine Augenbraue, um sein Missfallen anzudeuten. Max sah ihn gar nicht an.

"Morgen, Basti", raunte er.

"Morgen, Max" antwortete Sebastian.

Beide waren nicht direkt dicke Freunde. Sie waren lediglich seit einigen Jahren bewährte Banknachbarn.

Außerhalb der Schule hatten sie wenig miteinander zu tun, aber sie gingen sich auch nicht bewusst aus dem Weg.

Sebastian war ein mittelmäßiger Schüler, wie Max. In Sport aber, vor allem Leichtathletik, war er ziemlich fit. Anders als Friedrich machte er aber nie viel Aufheben darum. Wenn er gewann, freute er sich, war aber nicht darauf angewiesen, dass ihm gleich die ganze Schule huldigte.

Max war gerade dabei, sich nach dem Einrichten seines Arbeitsplatzes zu entspannen und sich auf Aishes Hinterkopf zu konzentrieren, da ertönte Mrs. Kiesweathers Stimme:

"Max, kommst du bitte mal nach vorne zu mir?"

"Ja, Mrs. Kiesweather, was gibt's?"

"Ich möchte dich gerne abfragen. Komm bitte vor."

Max rutschte das Herz in die Hose. Nicht, dass er in Englisch sonderlich schlecht gewesen wäre, oder vielleicht nicht vorbereitet.

Er hatte nur Panik davor, Englisch zu sprechen. Vor der gesamten Klasse kam erschwerend hinzu.

Das 'TH' wollte ihm einfach nicht gelingen, und wenn er es versuchte, verknotete sich seine Zunge, und er brachte auch den Rest des Wortes verkehrt heraus.

Abfragen von Max waren stets eine Erheiterung für die anderen Schüler. Max wurde dann rot und bekam Schweißausbrüche, was zu weiterer Heiterkeit seitens der Klasse Anlass gab.

"Well, Max, let's start. Where is Bristol?"

Max überlegte kurz und antwortete "In England."

Mrs. Kiesweather schaute ihm freundlich und ermutigend in die Augen. "That's right. Fine, Max."

Sie strahlte ihn an, als hätte er ihr einen Heiratsantrag gemacht, dachte Max und seine Konzentration war verflogen. Die Lehrerin war noch recht jung und hübsch obendrein.

"What is the job of most inhabitants in Bristol?"

"Well", Max versuchte, sein Nachdenken typisch Englisch zu gestalten. "Well. Sorry, I forgot it."

"Steel", versuchte Mrs. Kiesweather zu helfen.

"Oh well, most people of Bristol are bank robbers," beeilte sich Max zu sagen.

Das war zwar inhaltlich völlig falsch, wie er schnell feststellte, aber immerhin hatte er die t-hs geschickt umgangen.

"Oh, Max, you're joking!"

Mrs. Kiesweather hatte offenbar nicht verstanden, dass Max sich geirrt hatte und hielt ihn für einen Witzbold.

"And what about Northfolk?"

"There are a lot of pupils in schools."

"Whole sentence, please: In Northfolk... "

Max versuchte, sich nicht zu sehr auf das 'TH' zu konzentrieren, aber als er dann den Satz begann, kam wie meistens nur unverständlicher Kauderwelsch heraus: "In Norschklof prubid are lot ostuhls."

Die Klasse konnte sich nicht mehr halten vor Lachen, sie klopften auf die Tische.

Mrs. Kiesweather war etwas verlegen, sie wollte Max nicht bloßstellen. Max lief rot an und rannte aus der Klasse. Er heulte sich auf der Toilette aus und kam dann mit gewaschenem Gesicht zurück.

Einige kicherten leise, unterließen das aber nach einem strengen Blick von Mrs. Kiesweather. Sie hatte die Klasse ermahnt, Max nicht auszulachen, er habe es schon schwer genug. Die restliche Stunde lief geregelt und unauffällig ab. Nur Friedrich versuchte einmal, Max zu reizen, aber der ging nicht darauf ein, und so verlief diese Aktion im Sande.

Erdkunde in der nächsten Stunde, war langweilig, wie immer. Der Lehrer, Herr Wiesthaler, war einfach nicht in der Lage, das Interesse seiner Schutzbefohlenen länger als eine Minute zu fesseln. Das galt sogar für die Klassenbesten, die Streber Maike und Björn.

Man kann nicht sagen, dass Herr Wiesthaler sich keine Mühe gab, oder schlecht vorbereitet war. Nein, ihm fehlten einfach die Autorität und das Charisma eines Lehrers. Vielleicht würde sich das im Lauf der Zeit noch einstellen, aber seine Berufserfahrung erstreckte sich bislang auf lediglich ein halbes Jahr als Referendar.

Dies war sein zweites Halbjahr und er und die Schüler quälten sich gegenseitig durch den Unterrichtsstoff.
Nachdem dieses Elend durch den Gong beendet wurde, stürmte die Klasse in die Pause.

Sogleich bildeten sich die üblichen Grüppchen. Da drei Mädchen, die sich über den neuesten Klatsch und Tratsch austauschten, dort fünf Jungs, die Fußball spielten, einige Pärchen, die Pausenbrot mampfend über den Hof schlenderten.
Max schloss sich keiner dieser Gruppen an. Das tat er nie. Er war in den Pausen gerne allein mit seinem zweiten Frühstück, deshalb zog er sich immer in eine Ecke zurück, die vom Hof aus nicht eingesehen werden konnte. Er packte seinen Proviant aus und überlegte, was er sich für die zweite Pause aufheben sollte und was gleich essen. Er entschied sich für den sofortigen Verzehr der Apfeltasche. Er packte das andere Teilchen sorgfältig, fast liebevoll zurück in seinen Brotzeitbeutel. Gerade wollte er genussvoll in die Apfeltasche beißen, da hörte er eine ebenso bekannte, wie verhasste Stimme: "Fettwanst, du sollst doch nicht soviel essen. Du platzt sonst noch."
Es war Friedrich, wer sonst? Er musste Max dabei beobachtet haben, wie er sich ein ruhiges Plätzchen suchte und kam auf ihn zu.
"Los, her mit dem Teil!" befahl Friedrich.
Max war in solchen Augenblicken immer wie gelähmt. Er spuckte noch schnell auf die Apfeltasche, um Friedrich den Appetit daran zu verderben.
"Spinnst du, oder was?"
Friedrich war näher gekommen, lauter geworden und schlug Max die Apfeltasche aus der Hand. Sie landete im Dreck des Pausenhofpflasters. Nun hatten weder er noch Max etwas davon.
Friedrich war das egal, er wusste ja, dass Max noch eine zweite Köstlichkeit in seinem Brotzeitbeutel verbarg.
"Her damit!" Friedrich deutete auf den Beutel.
"Nein, ich brauch doch auch etwas zu essen", wehrte sich Max.
"Hehe, du hast genug Fett für drei Jahre! Gib schon her, sonst setztes was."

Max wusste, dass Friedrich in solchen Dingen keinen Spaß verstand und er hatte schon mehrfach Bekanntschaft mit seinem linken Haken gemacht. Er gab das Quarkteilchen widerwillig her und vermied dadurch eine Tracht Prügel. Friedrich nahm es mit einer spöttischen Verbeugung und schubste Max ins Gebüsch. Max verhedderte sich, als er wieder aus dem Grün auf festen Boden zu gelangen suchte. Dabei zerriss seine Hose. Nicht schlimm, aber man sah es deutlich. Kaum war Max wieder auf den Füßen, war auch Friedrich wieder da.

"Hei Max, fast hätte ich es vergessen. Ich habe meine Hausaufgaben in Geschichte nicht. Du weißt schon: keine Zeit, Training und so."

"Und?" Max verstand nicht.

"Du hast sie doch sicher gemacht, oder?"

Max nickte zaghaft.

"Her damit!"

"Die sind in meiner Büchertasche, ich hab sie nicht hier"

"Dann gib sie mir später, und wehe, wenn nicht. Dann wirst du dir wünschen, nie geboren zu sein."

"Ich habe verstanden. Du kannst sie nachher haben."

Max sah ein, dass er es besser nicht auf eine weitere Konfrontation ankommen lassen sollte. Friedrich hielt Wort und wenn er einem Prügel androhte, bekam man die auch.

Mit schmerzhafter Sicherheit.

Über die zwei folgenden Stunden gibt es nicht viel zu sagen. Eine Kleinigkeit die für den Fortgang der Geschichte große Bedeutung erlangen sollte, ereignete sich aber doch:

Kurz vor der vierten Stunde wollte Max sein Heft an Friedrich durchgeben.

Seine Hausaufgabe ging von Hand zu Hand, bis zu Janine. Janine lässt sich am einfachsten als die weibliche Kopie von Friedrich beschreiben. Sie war nicht unbegabt, aber sie musste - ähnlich wie wohl auch Friedrich eine schwere Kindergartenzeit gehabt haben.

Sie ärgerte ihre Klassenkameraden und prügelte sich mit Jedem, egal ob Junge oder Mädchen.
Diese Janine bekam das Heft, drehte es kurz zwischen den Händen hin und her. Weil ihr nichts Besseres einfiel, öffnete sie das Fenster und warf das Schriftstück auf den Pausenhof.
Das schaffte ihr wesentlich mehr Genugtuung als erwartet, denn in dem Heft lagen einige lose Blätter mit Kopien und Skizzen. Die lösten sich natürlich aus der Kladde und flatterten gesondert zum Boden. Als Max das sah, blieb ihm das Herz fast stehen.
Alle hatten es mitbekommen, einige fanden es witzig, andere nicht, etwas dagegen einzuwenden wagte niemand.
Friedrich drehte sich um, er sah seine Chancen auf eine gemachte Hausaufgabe schwinden.
"Max, schnell runter - Heft holen!" zischte er nach hinten.
Frau Karlton, die Geschichtslehrerin hatte sich offenbar verspätet, so dass Max eine Chance sah, das verlorene Heft zurück zuholen.
Aber er hatte die Größe der Schule unterschätzt, trotzdem er schon fast zwei Jahre hier Unterricht hatte;
Er benötigte beinahe fünf Minuten, um zwei Stockwerke hinab zusteigen, auf dem Pausenhof die Blätter und das Heft einzusammeln, dann wieder zwei Stockwerke hochzusteigen und in seine Klasse zu eilen.
Natürlich war Frau Karlton mittlerweile eingetroffen und bestrafte Max mit einem ihrer berüchtigten missbilligenden Blicke. Wen sie dabei ansah, verursachten sie beinahe körperliche Schmerzen.
"Hallo, Max. Wo warst du? Der Unterricht hat vor drei Minuten begonnen."
Max wurde knallrot, er fühlte sich ertappt:
"Entschuldigen Sie bitte, Frau Karlton. Mein Heft ist aus dem Fenster gefallen, ich habe es nur schnell wieder geholt."
"Wie? Du sitzt doch am anderen Ende des Klassen-" sie besann sich. Sie wollte Max nicht in Erklärungsnöte bringen und ihn nicht zum Petzen zwingen.

Sie konnte sich schon den ungefähren Ablauf der Ereignisse zusammenreimen, hätte allerdings auf Friedrich als Übeltäter getippt. Dass der jetzt ein gewaltiges Problem mit seinen Hausaufgaben hatte, konnte sie nicht wissen.

Sie bat Max um sein Heft, überflog kurz den Text und bemerkte anerkennend: "Sehr schön, Max. Das hast du genau richtig erfasst. Ich werde bei dir ein Plus eintragen."

"Oh vielen Dank, Frau Karlton." Max erhielt sein Heft zurück und ging zu seinem Platz. Friedrich begann wild herum zu gestikulieren. Dummerweise blieb das nicht unbemerkt von Frau Karlton. Sie hatte ohnehin den Eindruck, sie solle ein Auge auf ihn haben, denn sie war unbestechlich und in ihrem Umgang mit den Schülern stets objektiv.

"Friedrich, was ist mit dir. Meldest du dich?"

"Äh ja, nein, ich ich wollte mich nur etwas strecken."

"Möchtest du deine Hausaufgabe vorlesen?"

"Lieber nicht", wisperte Friedrich kleinlaut.

"Du schaffst das schon. Oder hast du die Aufgaben etwa nicht gemacht?"

"Doch, selbstverständlich", log Friedrich ihr frech ins Gesicht. "Ich habe sie nur zu Hause vergessen."

Derlei Ausreden kannte Frau Karlton gut und sie war nicht gewillt, gerade bei Friedrich ein Auge zuzudrücken.

Ihrer Meinung nach kam er bei den Kollegen zu oft mit solchen Dingen durch.

"Friedrich, du hast die Hausaufgabe nicht dabei. Das bedeutet, ich muss dir ein dickes Minus eintragen. Das macht sich für deine Gesamtnote äußerst negativ bemerkbar."

"Mir doch egal", schmollte Friedrich, was nicht stimmte, denn in Geschichte war er keine große Leuchte. Ihn interessierten die ganzen toten Könige und Politiker nicht die Bohne. Aber im Zeugnis machte sich sogar in Geschichte eine schlechte Note nicht gut. Was würden seine Eltern sagen? Sein Vater war Anwalt und Friedrich' schulische Erfolge wurden von seinen Eltern immer hoch gelobt. Friedrich arbeitete dafür selbst am allerwenigsten. Er verschaffte sich die Ergebnisse mit Mafia-Methoden.

Einzig die Sporterfolge waren echt und dafür gab es Auszeichnungen und Pokale. Viel mehr verlangte die Familie Müller nicht von ihrem Ältesten und Einzigen, und sie kümmerte sich auch wenig um seine gelegentlichen Schandtaten.

Friedrich war über die unglückliche Wendung der Dinge verständlicherweise wenig erfreut.

"Das zahl ich dir heim", flüsterte er Max mit hasserfülltem Blick zu. Max rutschte umgehend unter seinen Tisch. Kein Pausenbrot und trotzdem eine Tracht Prügel. Ein Pechvogel war er!

Den ganzen Tag fürchtete sich Max vor dem Sportunterricht. Er konnte nicht sagen, ob er mehr den Unterricht selbst oder den Lehrer verabscheute. Herr Maier war ein Pädagoge der gute Sportler in ungeahnte Höhen versetzte, während er Leute wie Max, die seinen Vorstellungen nicht entsprechen konnten, in die tiefsten Abgründe schleuderte. Möglicherweise war ja dieses Unvermögen ansteckend.

Als es an der Zeit war, schlich Max langsam hinter den anderen her zur Sporthalle und hielt sich in Deckung. Er wartete fünf Minuten vor dem Umkleideraum, bis er von drinnen keine Geräusche mehr hörte. Alle waren in die Sporthalle gegangen.

Er schlich in die Umkleide und zog sich möglichst schnell um, aufmerksam nach allen Seiten witternd. Aber niemand kam und ertappte ihn in Unterhose und ohne T-Shirt. Max band sich die Schuhe und schlenderte in die Sporthalle.

Dort wurde er von Herrn Maier begrüßt: "Schön, Max dass du auch mal kommst. Wir wollten nicht ohne dich anfangen. Du bist doch nicht absichtlich zu spät?"

"Nein, bitte entschuldigen sie. Ich war noch auf dem Klo. Tut mir Leid."

"Na dann ist ja alles Bestens. Sicherlich freust du dich, dass heute Zirkeltraining auf unserem Programm steht. Ich werde das benoten. Unter 100 Punkte gibt eine glatte Sechs, Unter hundertfünfzig eine Fünf, unter zweihundert eine Vier und so weiter. Stellt das für dich ein Problem dar?"

"Ja - Äh, Nein, Ich werde mein Bestes geben."

"Viel wird das ja nicht sein, oder?" spöttelte Herr Maier.
Max zog den Kopf ein und eilte keuchend zu den anderen, um die Trainingsstationen aufzubauen.

Es gab sechs Stationen, die möglichst oft durchlaufen werden sollten: Taue, die von der Decke zum Boden reichten. Daran sollte man sich hinaufhangeln;
Eine Bank, über die man hin- und her springen musste,
ein Reck für Klimmzüge,
eine Station mit Kniebeugen,
eine mit Liegestütz und eine, bei der man quer durch die Halle spurten musste.
Max sagten sie alle nicht zu, aber was half es?
Er bemühte sich nach seinen Möglichkeiten. Wie befürchtet, fehlte ihm für so eine Folter aber einfach die Ausdauer. Er fand diese Schinderei sinnlos, aber eine schlechte Note wollte er auch in Sport nach Möglichkeit vermeiden.
Andererseits: Wem sollte er einen eventuellen Erfolg zeigen? Seine Mutter interessierte sich nicht dafür. Sie war nur froh, dass Max zumindest den halben Tag aus dem Haus war und sie in Ruhe ihrer Leidenschaft, Baileys und Rum, nachgehen konnte.
Außerdem machte der Junge immer diese laute Musik an, und das war natürlich ihren Kopfschmerzen höchst unzuträglich.

Max begann mit dem Klettertau. Er sprang so hoch es ging, etwa einen halben Meter, und versuchte sich nach oben zu ziehen. Sein Gewicht verursachte ihm in den Armen ein Gefühl, als würden sie herausgerissen, aber Max biss die Zähne zusammen und versuchte, nach oben umzugreifen, der Schweiß rann ihm aus allen Poren, seine Handflächen begannen zu schwitzen und verloren auf zwei Metern Höhe den Halt und Max rutschte plötzlich in die Tiefe. Für seine Füße war das zwar nur ein halber Meter, aber Max brachte es trotzdem aus dem Gleichgewicht und er rollte über den Boden.
"Grubenberger: 0 Punkte", notierte Herr Maier.
"Nächster Halt: Kniebeugen", er wies in Richtung der Station.
"Vielleicht kannst du wenigstens das?"

Max, dessen überhaupt nicht sicher, wollte alles tun, um eine Sechs zu vermeiden. Kniebeugen gingen besser, aber nach dem zwölften Mal kam Max nicht mehr in den Stand, ihm wurde schwindlig, schwarz vor den Augen und er kippte zur Seite.

"23" vermerkte Stephan auf Maxens Laufzettel. Stephan war ein recht schüchterner Junge, der sich nie bei den Verspottungsaktionen gegen Max beteiligte, er war ebenfalls gelegentlichen Attacken ausgesetzt, aber da er in Sport recht gut war, nahm das nie solche Ausmaße an wie bei Max. Stephan war ein liebenswürdiger und hilfsbereiter Zeitgenosse, er hätte ein Freund von Max sein können.

Als Max wieder zu sich gekommen war, begab er sich zum Liegestütz. Er ächzte unter dem Gewicht seiner selbst und der Last seines Lebens, schaffte aber immerhin zehn Stütze. Zum Glück sah Herr Maier die verstümmelte Übung nicht, bei der Max nur seinen Po leicht hoch und runter bewegte. Aber auch Christoph, der Punktrichter beim Liegestütz, hielt nichts von Sport und gab ihm unverdiente 25 Punkte.

Blieb noch das Hüpfen über die Bank. Man musste sich mit den Händen an der Bank festhalten und die Beine einmal nach rechts, einmal nach links darüber schwingen. Schwungmasse hatte Max genug, deshalb kam er hier auf 22 Punkte. Nun zum Reck. Klimmzüge hasste Max, wie die Pest. Man war den Blicken der ganzen Halle ausgesetzt, wenn man versuchte, sein Übergewicht nach oben zu ziehen. Wenn man sich hängen ließ, war das T-Shirt nach oben gezogen und gab den Blick auf den Bauchnabel frei.

Max war bei dieser Übung klar im Nachteil, da er beinahe das doppelte Gewicht eines durchschnittlichen Zwölfjährigen stemmen musste. Trotzdem schaffte er mit Hängen und Würgen fünf Klimmzüge, was ihm zehn Punkte einbrachte. Jetzt kam noch der Sprint, da konnte nicht viel schief gehen. Max schlenderte zum Startpunkt. Er bekam von Thomas erklärt, er solle möglichst schnell zum anderen Ende der Halle rennen, dort an die Wand schlagen. Dann umdrehen und zurückkommen, an die Wand schlagen und wieder zum anderen Ende der Halle spurten.

Dafür hatte er zwei Minuten Zeit und jede Durchquerung brachte zwei Punkte. Max machte sich bereit und wartete auf das Startsignal.

Als es kam, nahm er die Beine unter die Arme und rannte prustend und keuchend durch die Halle. Am anderen Ende angekommen, schlug er wie verlangt gegen die Wand und spurtete zurück. Das ging viermal so.

Dann winkte Thomas ab "Die Zeit ist um, sechs Punkte."

"Aber ich hab doch mindestens achtmal die Halle durchquert", protestierte Max.

"Aber ich habe nur dreimal dein Anschlagen an der Wand gehört." Mit einem hämischen Grinsen überreichte Thomas Max den Laufzettel und wandte sich dem nächsten Spurtkandidaten zu. Max ärgerte sich über diese maßlose Ungerechtigkeit, aber gegen Thomas war er machtlos. Genau wie Friedrich war er ein erklärter Liebling des Sportlehrers. Er war im Ringerverein und hatte auf regionaler Ebene schon einige Erfolge feiern können. Max begann zu hoffen, die 85 Punkte im ersten Durchgang wären eine gute Ausgangsposition. Wenn er im zweiten nur noch einmal halb soviel schaffte, bekam er eine Fünf!

Davon ermutigt wollte Max sich zu einem zweiten Versuch am Tau anstellen, aber die Stimme des Lehrers hielt ihn davon ab: "Max, herkommen!"

Max beeilte sich, der Aufforderung nachzukommen.

"Wie viele Punkte hast du denn mittlerweile?"

"85" brachte Max keuchend, aber stolz heraus.

"Ich mach mich gleich an den zweiten Durchgang."

"85?!" Die Stimme des Lehrers wurde schrill.

"Und wie gedenkst du in den letzten fünf Minuten auch nur zwanzig weitere Punkte zu machen? Willst du noch ein Kletter-Tau für die anderen unbenutzbar machen? Das war deine letzte Chance bei mir. Du strengst dich nicht genug an! Für dich wird es keinen zweiten Durchgang mehr geben."

"Aber ich -"

"Nichts aber. Du kriegst eine Sechs. Faule Leute wie dich dulde ich nicht in meinem Unterricht. Mach, dass du verschwindest!"

"Aber Herr Maier -"

"Für dich hat es sich ausgemaiert. Ich will dich nicht mehr in meinem Unterricht sehen. Kannst ja zu den Mädchen gehen, vielleicht, nein bestimmt bist du da besser aufgehoben."

Max wollte noch etwas erwidern, klappte dann aber seinen Mund zu. Traurig ging er weg. Was hatte er erwartet? Herr Maier und er standen sich schon seit Beginn des Schuljahres feindselig gegenüber. Max war total ungeschickt und unsportlich obendrein. Herr Maier schien das als persönliche Beleidigung einzustufen. Max hatte sich mit diesem Arrangement beinahe abgefunden. Aber eine Sechs? Was konnte er denn dafür, dass sein starkes Schwitzen den Halt am Kletter-Tau auflöste? War es seine Schuld, dass ihm nach zehn Kniebeugen schwindlig wurde? Zählte nicht, dass er die doppelte Masse beim Liegestütz zu stemmen hatte wie die anderen?

Er hatte immerhin 85 Punkte gemacht und er hatte sich angestrengt, so gut er konnte. Max ließ sich seufzend auf eine Bank in der Garderobe nieder und nestelte hastig seine doppelt gebundenen Schnürsenkel auseinander. Er wollte unbedingt mit dem Umziehen fertig sein, bevor der Rest der Klasse kam. Den ersten Schuh hatte er schon geschafft, nun kam der zweite an die Reihe. Da hatte sich blöderweise etwas verknotet. Max biss sich vor Konzentration und Anstrengung auf die Lippen. Dann war auch der zweite Schuh fertig und er zog ihn von seinem Fuß. Nun zur Hose. Max löste die Schleife, mit der er seine kurze Jogginghose um die Hüfte befestigt hatte, und wollte sie eben herunterziehen, da hörte er den Pfiff, der das Ende der Sportstunde signalisierte, gefolgt von einem Getrappel, wie von einer tausendköpfigen Fußstreitmacht.

Die Jungs stürmten fröhlich durch die Katakomben der Sporthalle zum Umkleideraum. Noch im Laufen rissen sich einige ihr T-Shirt vom Leib und schleuderten es beim Erreichen der Garderobe in Richtung ihrer Sporttaschen.

Max bekam ein verschwitztes Hemd ins Gesicht, er war angeekelt. Ob das Absicht war? Wahrscheinlich nicht, die Flugeigenschaften zusammengeknüllter T-Shirts sind bekanntermaßen nicht besonders gut. Im Umkleideraum kam es zu einem riesigen Wirrwarr, als die Jungs versuchten, wieder an ihre eigenen Klamotten zu gelangen. Kurz: Es war wie immer.

Max versuchte, sich in eine Ecke zurückzuziehen und zu warten, bis die anderen fertig und gegangen waren. Da dies die letzte Stunde war, hatten es die meisten nicht sonderlich eilig und Herr Maier hatte das Gebäude bereits verlassen.

"Hey, Schwabbel, komm Duschen!" rief Friedrich hämisch, während er sich auszog.

"Ich habe kein Handtuch dabei", versuchte sich Max herauszureden.

"Macht nichts, ich kann dich ja trocken fönen, hehe"

Die ersten Jungs hatten sich bereits ihrer Sportkleidung entledigt und verschwanden im Duschraum. Nicht dass Max wasserscheu gewesen wäre. Schwimmen war der einzige Sport, der ihm halbwegs lag. Er wäre allerdings nie auf den Gedanken gekommen, in Gegenwart seiner Klassenkameraden auch nur sein T-Shirt auszuziehen. Aber nach dem Sportunterricht wurde von einigen geduscht. Natürlich waren das meistens die Sportasse der Klasse, die keinen Grund hatten, sich ihres Körpers zu schämen. Max hatte große Angst davor, sein zu kleiner und zu dicker Körper war ihm peinlich. Das war natürlich nicht nur seine eigene Meinung. Offensichtlich dachten das auch die Klassenkameraden. Sie überboten sich regelmäßig darin, gemeine Spitznamen für ihn zu erfinden. 'Schwabbel' war noch einer von der harmloseren Sorte.

Max stand immer noch in der Ecke mit dem Rücken zur Wand und Friedrich kam näher und forderte ihn auf, sich doch endlich auszuziehen.

"Nein, ich will nicht, ich will mich nur schnell umziehen und dann nach Hause gehen."

"Hast du etwa Angst, dir fasst jemand an den Pimmel?"

"Nein, das nicht, aber ..."

"Hose runter!"

"Nein."
Max klang bei Weitem nicht so selbstsicher, wie er das gerne gehabt hätte. Friedrich war der beste Sportler in seiner Klasse, bekannt für seine gelegentlichen Gewaltausbrüche, und in Maxens Augen war er ein Topathlet mit keinem Gramm zuviel Fett.

"Du willst dich nicht ausziehen? Nun, dann ..."
Friedrich tat einen weiteren Schritt auf Max zu und mit einem Sprung und großer Selbstverständlichkeit kam er auf Max zu. Der wusste gar nicht richtig, wie ihm geschah. Dann drehte ihm Friedrich den rechten Arm im Polizeigriff auf den Rücken.
"Vielleicht musst du dich ja gar nicht ausziehen, oder?" flüsterte Friedrich gehässig und zwang Max in Richtung der Dusche.
"Nein, bitte nein!" winselte Max.
Aber Friedrich ließ nicht locker bis Max mitten im Duschraum stand, umgeben von sechs seiner Klassenkameraden, die sich eine wilde Wasserschlacht lieferten. Alle waren splitterfasernackt und schienen damit nicht die Spur eines Problems zu haben. Auch nicht damit, die Duschköpfe beim Erscheinen von Friedrich und Max gleichzeitig auf letzteren zu richten. Natürlich war Max im Nu vollständig durchnässt. Durch sein weißes T-Shirt zeichneten sich jetzt der Bauchnabel und sein zu großer Brustumfang deutlich ab. Seine Brille war beschlagen und er konnte nicht viel erkennen von dem sanitärgrün gekachelten Duschraum.
"Schwabbel hat einen Busen" rief Gerald aus der Ecke.
Friedrich schubste Max auf Gerald zu. Dieser stieß ihn gegen Horst, der sprang erschreckt zurück und rief "Iiih ein Mädchen!"
Max hatte keine Möglichkeit zu entkommen, seine einzige Hoffnung waren seine Straßenkleider, die ja nicht nass geworden waren. Als hätte Friedrich seine Gedanken lesen können, rief er den anderen zu, sie sollten sich mal allein mit Schwabbel, dem Mädchen beschäftigen. Dann verließ er die Dusche, mit einem gemeinen Gedanken im Kopf. Kurz darauf kam er zurück. Mit den Straßenkleidern von Max und dem Schulranzen. Alles wurde gründlich abgeduscht.
"Oh, hast du dir in die Hosen gemacht, Mäxchen-Baby?"

"Zum Duschen zieht man sich aus, Schwabbel!"

"Heult der?"

Zum Glück war Maximilian klitschnass, daher konnte man nicht so recht unterscheiden, ob er weinte oder nicht.

Er weinte. Nach einiger Zeit bekamen die sieben Jungs ihre üblen Scherze über und begannen sich zu waschen, sie beachteten Max nicht mehr. Der hockte wimmernd in einer Ecke und wartete darauf, dass sie ihn in Ruhe ließen.

Er war schon oft das Opfer ihres Spotts gewesen, aber so weit wie heute waren sie nie gegangen. Wie sollte er mit den ganzen nassen Sachen nach Hause kommen? Was würde seine Mutter sagen? Wenn er Glück hatte, war sie nicht zuhause und er konnte die Kleider in den Trockner tun. Dann merkte sie gar nichts.

Einer nach dem andern verließen die Jungs den Duschraum und begannen, sich in der Umkleide abzutrocknen und anzuziehen.

Nur Friedrich blieb noch da und grinste spöttisch auf Max herunter. Dem war jetzt alles egal. Friedrich jedoch bot das winselnde Häuflein in der Ecke noch nicht genug Befriedigung. Er trat einige Schritte auf Max zu und begann ihn erneut zu verspotten. "Schwabbel, was ist das für ein Gefühl, ausnahmsweise sauber zu sein? Kennst du doch sonst nicht!"

Max sah Friedrich nicht an. Aber der war noch nicht zufrieden.

Er schubste ihn, Max war völlig entkräftet vom Weinen und der Demütigung. "Klamotten runter, Schwabbel, sonst helfe ich nach!"

Max begann willenlos an seinem T-Shirt zu zerren, aber das war komplett an seinem Körper festgeklebt.

"Geht's nicht?" Friedrich hatte wieder seinen spöttelnden Tonfall angenommen.

"Zu viel Fett, oder? Das nächste Mal hörst du besser gleich auf mich. Ich hab doch gesagt: ausziehen! Du schwitzt wie ein Schwein, weißt du das? Und du stinkst. Ich meine es ja nur gut mit dir, hehe."

Wieder dieses hämische Lachen. Max wusste nicht, was er tun sollte. Am Besten wäre, er stürbe jetzt. Friedrich zog an Maxens T-Shirt. Mit einem heftigen Ruck riss das Kleidungsstück entzwei und Maximilians Bauch quoll hervor. Max schlang die Arme um seinen Kopf, um ihn zu schützen Der Kopf war es jedoch nicht worauf Friedrich es abgesehen hatte, schon nämlich zerrte er an der Hose seines Opfers.

Das war zuviel für Max. Er griff nach seiner Büchertasche und schleuderte sie mit der Kraft der Verzweiflung dem Gegner direkt ins Gesicht. Aus dessen Nase schoss sofort ein Schwall Blut hervor.

"Du Arschloch!" rief Friedrich und hielt sich die Nase "verstehst wohl keinen Spaß?".

Mit der anderen Hand und reichlichen Fußtritten verprügelte er den nur mit durchnässter Sporthose bekleideten Max, bis dieser mit blauen Flecken übersät war.

Dann ließ Friedrich ihn liegen, ging in den Umkleideraum und trocknete sich dort ab.

Max blieb gelähmt in der Ecke sitzen. Er fürchtete, Friedrich käme zurück. Der aber war fertig mit Max und dem Anziehen.

Er schlenderte pfeifend aus der Sporthalle, als wäre nichts geschehen. Max wollte nicht weinen, er wollte ein 'tapferer Junge' sein, wie es sich sein Vater immer gewünscht hatte.

Sein Vater. Wenn der es doch dem blöden Friedrich mal zeigen würde, aber Papa war nicht mehr da. Wenn Max wenigstens gewusst hätte, wo er ihn suchen sollte, dann hätte er-. Nein, hätte er nicht. Er war ein fetter Feigling, gestand er sich ein, und ein Schwächling. Dabei hatte er genug Masse, die er in einen Kampf hätte werfen können. Aber nach Kämpfen war ihm jetzt absolut nicht zumute. Er wollte nur nach Hause und sich in seinem Zimmer verkriechen.

Dort war der einzige Ort, wo er sich sicher fühlte. Er konnte die Tür abschließen und wenn seine Mutter auch kam und gegen die Tür trat, so war die doch stabil genug, ihrer Alkohol-Raserei standzuhalten.

Max tat jeweils gut daran, ein Abflauen der Wutausbrüche abzuwarten, denn Mutter war im Rausch völlig unberechenbar. Trotzdem hasste Maximilian seine Mutter nicht. Sie tat ihm Leid. Aber er hatte keine Lust, ihren Frust und ihre Launen auszubaden, indem er sich als lebender Punchingball zur Verfügung stellte. Er schämte sich auch für seine Mutter, die zu nichts mehr in der Lage war, als Alkohol zu trinken und einmal in der Woche die Sozialhilfe abzuholen. Das vergaß sie oft genug, woran natürlich wieder Max Schuld hatte. Er war sich mittlerweile überhaupt nicht mehr sicher, ob nicht vielleicht er selbst der Anlass zum Verschwinden seines Vaters war und Mama mit ihrer Wut auf den Sohn sogar Recht hatte.

Als er draußen nichts mehr hörte, erhob sich Max unter Schmerzen und wankte nach draußen. Er versuchte seine Straßenkleidung notdürftig unter dem Fön zu trocknen, aber richtig gut ging das nicht. Sein Bus war natürlich schon weg.

Also musste er sich auf den weiten Fußweg nach Hause machen. Es waren etwa fünf Kilometer über Wiesen und Felder auf nicht asphaltierten Strecken und nach dem Regen der letzten Zeit waren die Feldwege zu Morast mutiert. Aber das machte Max nichts aus. Viel mehr bekümmerten ihn die Schmerzen, die von den Prügeln in der Dusche herrührten. Zum Glück war zurzeit Frühsommer. Es war also nicht gar zu kalt und die Kleidung trocknete recht schnell wieder. Sie kratzte dann zwar, aber was blieb Max anderes übrig? Er trottete ohne großen Elan dahin und brauchte etwa eineinhalb Stunden, bis das Mietshaus in Sicht kam, in dem er mit seiner Mutter eine kleine Dreizimmerwohnung mit Küche und Bad bewohnte. Wie sollte er ihr erklären, was geschehen war, ohne dass sie ihm wie üblich die Schuld dafür gab?

Der Vorfall war ihm auch jetzt noch total peinlich, und erst sein Aufzug! Verdreckte Hose, T-Shirt in Fetzen. Eigentlich war ihm das egal. Sollte sie denken, was sie wollte. Er wollte lediglich in sein Zimmer und dort mit voller Lautstärke seine Heavy-Metal-CDs rauf und runter hören. Diese aggressive und mächtige Musik gab ihm Kraft.

Nur so konnte er sich mit dem abzufinden, was er in den Augen seiner Klassenkameraden, seiner Mutter und auch aus seiner eigenen Sicht war: Ein kompletter Versager.

Mit dieser Musik fühlte er sich stark. Er schüttelte sich und tanzte, was auf einen Außenstehenden sicher sehr bizarr gewirkt hätte. Da es Keiner sah, fühlte sich Max als König der Tanzfläche. Er kombinierte eine Art Bauchtanz mit verschiedenen Standardtanz-Schritten. Er war früher mal im Ballettunterricht gewesen, aber da war er noch sehr klein und beweglich. Mit dem Verschwinden seines Vaters und der Alkoholsucht seiner Mutter waren nach und nach sämtliche Aktivitäten zum Erliegen gekommen. Nicht nur die sportlichen sondern auch andere Unternehmungen waren jetzt für Max nicht mehr drin. Er hatte keinen Antrieb zu Nichts.

Zur Schule ging er nur, um sein unerfreuliches Elternhaus hinter sich zu lassen. Nach Hause ging er vor allem, um seine lästigen Klassengenossen hinter sich zu vermeiden. Er war permanent auf der Flucht.

Als er zuhause ankam, nahm er gleich nach Öffnen der Türe den allzu gut bekannten Geruch von Alkohol wahr.

"Schatz, wer ist da an der Türe?" grölte eine Max unbekannte Männerstimme.

"Das wird Max sein, mein Sohn. Aber den brauchst du nicht zu beachten."

"Danke Mama." flüsterte Max unhörbar und trat ins Wohnzimmer.

"Hei Max", begrüßte ihn seine Mutter mit glasigen Augen. "Das ist Frieder, mein neuer Freund. Er wird in deinem Zimmer wohnen."

"Und ich?" stammelte Max ungläubig.

"Du kannst ja auf dem Sofa im Wohnzimmer schlafen."

"Aber Mama, ich muss doch Schulaufgaben machen an meinem Schreibtisch, an meinem Computer." Max war bei diesen Worten die Treppe zu seinem Zimmer emporgestiegen.

Aber da war kein Computer und auch kein Schreibtisch. Von unten grölte seine Mutter: "Quatsch! Sieh zu, dass du dir irgendwo Arbeit suchst, den Computer habe ich heute Morgen verkauft. Du wirst doch nicht erwarten, dass ich für alles aufkomme?"

"Aber Mama!" Max war dem Weinen nahe.

"Nichts, ‚aber Mama'. Scher dich weg. Und komm nicht ohne Job zurück, sonst vergesse ich mich."

Max drehte sich wortlos um und verließ das Haus, nur ausgestattet mit seinem Ranzen und den dreckigen Kleidern, die er auf dem Leib trug. Er verließ die Straße und wurde immer schneller, bis er rannte. Den Schulranzen ließ er an einer Straßenecke fallen. Er war am Ende.

Jetzt hatte er nichts mehr. Kein Zimmer, keinen Computer, keinen Vater, keine Mutter. Er hetzte bis zum Waldrand, rannte hinein bis zur Weggabelung, wo eine kleine Sitzgruppe aus Steinen aufgeschichtet war und setzte sich auf den größten der Steine, weil er vom ungewohnten Rennen ganz außer Atem war. Er versuchte sich über die Situation klar zu werden, in der er sich befand.

Er war Maximilian Grubenberger, zwölf Jahre alt. Er hatte starkes Übergewicht, war unsportlich und hatte nur noch - vorsichtig schüttelte er das Geld aus seinem Portemonnaie - zwölf Euro 35 Cent, er hatte kein eigenes Zimmer mehr, außerdem hatte er eine Mutter, die soff, mit einem neuen Freund, der soweit das Max in der kurzen Zeit daheim einschätzen konnte, ebenfalls Alkoholiker war. Diese Situation war so ungeheuerlich, dass sie ihm beinahe den Atem raubte.

Er sprang auf und rannte weiter, immer tiefer in den Wald hinein. Nur nicht drüber nachdenken. Was hätte dabei auch herauskommen sollen?

Max rannte und stolperte, er hechelte und keuchte durch den Wald, der eigentlich zu schön war, um achtlos hindurch zu jagen, jetzt, wo alle Bäume frisches Grün zeigten und die Vögel sich im Jubilieren überschlugen.

Max hörte nicht den Ruf des Kuckucks und auch nicht das energische Hämmern des Spechtes, der eifrig eine Buche bearbeitete. Max rannte, was die Lungen hergaben. Kurz bevor er einen umgestürzten Eichenbaum passierte, stolperte er und fiel der Länge nach hin.

„Hier war doch keine Wurzel", überlegte er und rappelte sich auf. Aber auch bei genauer Untersuchung fanden sich keine Wurzel und kein Stein, der ein Stolpern gerechtfertigt hätte.

„Komisch", dachte er und ging vorsichtig weiter. Er rechnete seinen Sturz einem akuten Versagen seiner untrainierten Beine zu, kein Wunder nach dieser Gewalttour durch den Wald. Kurz darauf geschah noch weit Merkwürdigeres. Er hörte Stimmen!

„Pass doch auf!"

„Pass doch selber auf!"

„Wer wollte sich denn unbedingt unsichtbar machen?"

„Der Lange war's!"

„Na klar, der Lange, wer denn sonst."

„Und was sollen wir jetzt machen?"

„Ihn einfangen, natürlich."

„Den Langen?"

„Nein, den fetten Knirps."

„Psst! Wir sind zwar unsichtbar aber nicht unhörbar."

„Okay, du kommst von rechts und ich von links. Der Lange geht durch die Mitte."

Max hörte nichts mehr, die Stimmen waren schon die ganze Zeit über leiser geworden.

„Das bilde ich mir nur ein", dachte er sich, aber das war ein Irrtum! Kaum hatte er sich auf dem umgestürzten Baum niedergelassen, spürte er einen kräftigen Stoß, der ihm unter anderen Umständen gewiss sehr wehgetan hätte. Aber es schien, als würde die Kraft abgemildert oder aufgeweicht. Vor Schreck entfuhr Max trotzdem ein „Aua!"

Da wurde er auch schon gepackt. Jetzt ging alles sehr schnell.

Im selben Augenblick erschienen vor seinen Augen die seltsamsten Gestalten, die man sich vorstellen kann: Ein Langer, ein Kurzer, ein Dicker, ein Dünner, ein Schöner, ein Hässlicher und ein Trauriger.

Der Dicke hielt ihn immer noch fest wie in einem Schraubstock mit Polstern.

„Was wollt ihr von mir?" Max versuchte zunächst, cool zu bleiben und sich seine Aufregung nicht anmerken zu lassen, abgesehen davon war er zu beschäftigt damit, all die Eindrücke zu verdauen, die die plötzliche Erscheinung gebracht hatte. Er klammerte sich an seine Taschenuhr, als könne die ihn beschützen.

„Ruhe. Wir stellen hier die Fragen", schluchzte der Traurige. Schluchzen meint in diesem Falle: Er spuckte Max mit einer übel riechenden Flüssigkeit voll. Ob das der Einschüchterung dienen sollte oder einfach zum natürlichen Sprechverhalten dieses Etwas gehörte, blieb bis auf weiteres ungeklärt. Max war hernach verständlicherweise nicht mehr in der Lage, noch weiter Widerstand zu leisten. Er ließ alle Anspannung fahren und begann leise zu schluchzen. Er zitterte am ganzen Körper vor lauter Angst, und der Ekel ließ ihn würgen.

Die seltsamen Gestalten merkten, dass sie ihn wohl erschreckt hatten und fingen hektisch an zu tuscheln. Max war mittlerweile alles egal. Er wollte nach Hause zu seiner Mutter, die er eben noch nie wieder sehen wollte. Der Streit vom Nachmittag war schon fast wieder vergessen. Wenn er nur bei ihr sein könnte!

„Du wärest gerne zu Hause, nicht wahr? " fragte der Dicke so gefühlvoll, wie er konnte,

Für Max klang es wie ein Gebrüll, er hielt sich die Ohren zu und Tränen kullerten ihm umso eifriger übers Gesicht, als eine letzte Erinnerung an Grundsätze wie 'große Jungs weinen nicht' verblasste. Die Gestalten sahen sich ratlos an. Wie konnte man dem Jungen nur beibringen, dass er keine Angst zu haben brauchte. Es war von größter Wichtigkeit für ihn und vor allem für sie, dass er sie begleitete und zwar sofort. Jede Minute Verzögerung konnte das Unternehmen zum Scheitern bringen.

Der Hässliche wagte einen neuen Versuch, indem er versuchte, Max mit einem Lächeln auf seine Seite zu ziehen. Aber dieses Lächeln geriet zu einem mordlüsternen Grinsen. Also ging auch dieser Versuch daneben. Kurz entschlossen machte sich die ganze Bande wieder unsichtbar und schleppte Max durch den Wald. Sie waren dabei unerwartet sanft, er berührte kaum den Boden.

Wäre die Situation eine andere gewesen, hätte er sich vielleicht sogar wohl gefühlt. Sie türmten mit einem Tempo durchs Gehölz, welches er mit dem Fahrrad niemals erreichen konnte.

Nach einiger Zeit begann Max sich zu entspannen. Dieser Ritt war ja immerhin fast wie eine Achterbahn, mit ungewissem Ziel zwar, aber fast geräuschlos und furchtbar schnell. Sozusagen ein Flug. Max hatte jedes Zeitgefühl verloren. Allmählich wurde die Gesellschaft langsamer und hielt schließlich an. Max versuchte zu Atem zu kommen.

Vor ihm tat sich eine weite Ebene auf. Dort sah er eine große Stadt. Es war eigentlich nur eine Schule, aber das wusste Max natürlich damals noch nicht. Jedenfalls sah diese Ansammlung von Gebäuden exakt so aus, dass sie zu den seltsamen Gestalten passte. Da gab es lange Gebilde, kurze Gebilde, dicke Gebilde und so weiter. Max vermutete, dass das Häuser sein müssten und lag damit nicht ganz falsch. Die Gebilde waren nämlich die Zwischenräume zwischen den Häusern, also so etwas wie unsere Gärten und Straßen. Aber diese Erklärung würde man in dem seltsamen Land mit der seltsamen Stadt sicher als viel zu kurz gegriffen abtun. Uns soll sie vorläufig genügen.

Auf den Straßen beziehungsweise natürlich in den Häusern sah Max allerhand Wesen, wie die, die ihn entführt hatten. Nur waren da auch noch Runde und Eckige, Weiche und Harte, Ganze und Kaputte, Laute und Leise und viele andere mehr. Scheinbar traten sie immer als Paar auf. Wie das kam? Wir werden es wohl nie erfahren.

„Was tun wir jetzt?" fragte der Schöne.

„Wir machen weiter, wie geplant", sabbelte der Traurige und verpasste der versammelten Mannschaft eine erneute Dusche aus Schleim und Galle.

Das war sogar den seltsamen Gestalten zuviel.

„Los, hol den Palast!" herrschte der Kurze den Traurigen, an.

„Aber seht euch mal unseren Gast an", flüsterte der Dicke, „der Ärmste, lasst uns ihn ausziehen!"

„Finger weg", fistelte der Dünne, "wahrscheinlich braucht er diese Hülle zum Überleben."

„Ja, bloß nicht", stöhnte Max, der sich vom Schrecken der Verschleppung beinahe erholt hatte. Von völlig Fremden entblößt zu werden, war zu viel für ihn. Zum Glück sahen die Entführer von einer weiteren Verfolgung dieses Vorhabens ab. Immerhin konnte man ja nicht wissen, wie der Junge körperlich reagieren würde „Vielleicht fällt er ja auseinander ohne seine Hülle", mutmaßte der Schöne. Damit war das Thema endgültig erledigt. Nun kam der Traurige, mit einer Schachtel zurück, die man vielleicht am ehesten mit einem Paket, oder vielmehr Päckchen vergleichen kann.

"Wofür mag das wohl sein?" fragte sich Max.

Er sollte es noch früh genug erfahren.

„Darf ich?" fragte der Traurige.

Noch bevor sich ein Streit darüber entspinnen konnte, hatte er beschlossen, Max mit einem hypnotischen Blick anzustarren. Max berührte das zunächst kaum, er bemerkte aber bald, dass seine Kleider zu groß geworden waren und dass seine Taschenuhr und die Brille immer schwerer wurden. Kein Wunder, er hatte ja auch ewig nichts mehr gegessen. Aber im nächsten Augenblick merkte er, dass er schrumpfte.

Sollten die Schrecken denn gar kein Ende nehmen?

Wenn er jetzt schrumpfte, bis er nicht mehr da war?

Was würde seine Mutter sagen?

Ob sie ihn nicht vielleicht zumindest etwas vermissen würde? Bestimmt vermisste sie ihn, Max vermisste sie ja auch, obwohl sie sich ständig stritten.

Was, wenn sein Leben jetzt einfach zu Ende war?

Panik ergriff Max.

„Nein, nein, lasst das!" schrie er aus Leibeskräften und trommelte auf seine Peiniger ein, mit dem Erfolg, dass er in die Gestalten eindrang wie in Zuckerwatte. Aber die Substanz war nicht klebrig, sie war einfach. Sie gab nach, wo er zuschlug und wenn er seinen Arm zurückzog, schloss sich das Loch wieder.

Max war binnen Kurzem schon auf halbe Größe geschrumpft und seine Klamotten schlotterten an ihm herum. Er wütete immer noch gegen die Gestalten. Erst als er auf der Größe einer Maus angekommen war, kam die Verkleinerung ohne Vorankündigung zum Stehen.

Max sah sich um. Jetzt war er doch nackt! Er zog unter Aufbietung aller seiner noch verbliebenen Kräfte ein Taschentuch aus seiner Hosen und wickelte sich darin ein, er hoffte, dass ihn die Gestalten nicht gesehen hatten.

Das allerdings war ein Trugschluss, sie hatten die Verkleinerung gespannt beobachtet und sich Notizen gemacht. Irgendwie war das ihm jetzt auch schnuppe, nur das Taschentuch war benutzt und fühlte sich an, wie der Schleim vom Traurigen. Mit einem Blick griff der Schöne nach Max um ihn zum Kasten emporzuheben. Aus dem Nichts öffnete sich eine Öffnung in der Schachtelwand und der Schöne ließ ihn sanft in den Behälter gleiten. Max versuchte sich aufzurappeln und sah gerade noch wie sich die Luke schloss.

In der Schachtel herrschte ein trübes Dämmerlicht, das aber nicht unangenehm war. Er war ganz allein und suchte nach seiner Brille. Die war wohl nicht mitgeschrumpft, trotzdem sah er seine Umgebung klar und scharf. Möglicherweise hatte sich seine Hornhautverkrümmung durch den Schrumpfungsprozess normalisiert.

„Wenigstens etwas Gutes", dachte er, fiel völlig erschöpft auf den Boden, zog das Taschentuch über sich und schlief ein.

Das Gefängnis

Max wachte erholt auf. Sein Magen knurrte, Durst meldete sich. Er rappelte sich auf und sah sich vorsichtig in seinem Gefängnis um. Es war nicht so dunkel, wie er das vom Vortag in Erinnerung hatte. Ein unnatürlich grünes, warmes Licht erfüllte nahezu greifbar den Raum. Was Max sofort auffiel waren die vielen Türen an den Wänden, eine neben der anderen.

„Wohin die wohl alle führen?" fragte er sich, war aber zu ängstlich, sie jetzt sofort zu versuchen.

Zunächst musste der Hunger gestillt werden und etwas zum Trinken wollte er auch. Er sah auf seine Taschenuhr, vielmehr, er wollte es. Die Uhr war nämlich nicht mitgeschrumpft und lag jetzt wahrscheinlich auf einer seltsamen Wiese vor einer seltsamen Stadt in einem seltsamen Land. Diese Uhr war ein letztes Andenken an seinen verschollenen Vater gewesen. Wenn Papa doch nur hier wäre! Der hätte es diesen seltsamen Gestalten schon gezeigt. Doch jetzt half kein Jammern. Etwas Essbares musste her. Max suchte den großen Raum ab. Da war nichts zu finden. Ein Durchgang führte ihn zu einem anderen Zimmer und danach kam ein weiterer Saal und dann noch einer und noch einer und so fort. Alle Räume waren verschieden gefärbt und geformt.

Da gab es ein Billardzimmer mit Billardtischen in allen Größen, eine Bibliothek mit bestimmt allen Büchern, die auf der Welt je geschrieben worden waren. Kleinere Räume von schätzungsweise nur dem Ausmaß eines Fußballfeldes und manche groß wie ein Flugplatz, jedenfalls war das der Eindruck von Max.

Alle diese Räume veränderten sich, wurden höher, größer oder kleiner und niedriger. Manche waren grün, manche gelb, einige rot und blau, manche tapeziert, andere mit Stoff bespannt. Aber alles dezent und geschmackvoll eingerichtet, wie auf einer Möbelmesse. Max konnte nur noch staunen, er konnte sich nicht vorstellen, wie so viele Räume in die kleine Schachtel passen sollten. Aber diese Frage trat rasch hinter den stärker werdenden Durst- und Hungergefühlen zurück.

Nach unzähligen Räumen - er hatte nach etwa fünfzig aufgehört zu zählen, erblickte er endlich Nahrhaftes.

In einem grünen Salon hingen an den Wänden verschiedene Stillleben alter Meister. Kunstvoll waren verschiedenste Obst- und Gemüsesorten angeordnet. Die Gemälde wirkten echt und sahen sehr verlockend aus. Max lief das Wasser im Munde zusammen. Obwohl er natürlich wusste, dass es nur Bilder waren, streckte er unwillkürlich seine Hand aus und versuchte, sich einen Apfel zu greifen. Entgegen allen Erwartungen gelang ihm das sogar und er hielt einen saftigen, rotbackigen Apfel in der Hand. Angenehm überrascht sah Max sich vorsichtig um.

Es war nicht auszuschließen, dass hinter den Verlockungen eine Falle steckte, aber letztendlich siegte doch sein Hunger und er biss herzhaft zu.

Dieser Apfel war das leckerste Stück Obst, das Max jemals gegessen hatte, bissfest, süß und saftig. Als er die Frucht vertilgt hatte, griff er nach einem Brot, dann nach einem Glas Wasser bis einige der Gemälde arg beschädigt wirken mussten.

Max hielt kurz inne in seinem Mahl und stellte fest: Alle von ihm gegessenen Lebensmittel befanden sich wie vorher an ihrem Platz! "Das ist das reinste Schlaraffenland", rief Max aus, "hier kann man es aushalten!"

Nach einiger Zeit war er satt und er wollte sein Gefängnis weiter erkunden. Um aber wieder zu seinen kulinarischen Kulturgenüssen zurückkehren zu können, nahm er sich aus einem Bild so viele Erbsen mit, wie er tragen konnte. Diese wollte er nach und nach fallen lassen, um den Rückweg zu finden. Er hatte diese Methode schon einmal in einem Märchen gehört. Er konnte sich nicht mehr genau daran erinnern. Zwei Kinder hatten so wieder aus einem verfluchten Wald herausgefunden. Warum sollte es also hier nicht auch funktionieren?

Gestärkt machte er sich auf die Suche nach Kleidung. Die Papierserviette hatte er bereits im zweiten Raum fallen lassen. Er fühlte sich unbeobachtet, und benutzte Papierservietten sind ein sehr mangelhafter Kleiderersatz.

~~~

Das Gefühl, unbeobachtet zu sein, trog. In einem seltsamen Raum in der seltsamen Schule saßen die sieben seltsamen Gestalten und beobachteten angespannt, wie sich ein dickes Kind durch ihr Labyrinth aus tausend Räumen und tausend Mal tausend Türen bewegte. Dass es nackt war, fiel ihnen überhaupt nicht auf. Das war nicht Inhalt ihres Projektes. Sie sahen erstaunt, wie Max - sie nannten ihn der Einfachheit halber nur 'VP1'. Wie also VP1 im grünen Salon das Obst verschlang und das Wasser schlürfte. Diese Verhaltensweise war ihnen bei ihren vorherigen Untersuchungen über Menschen nicht aufgefallen. Soweit sie es in ihrem durch und durch logischen Geist überhaupt sein konnten, waren sie überrascht und leicht beunruhigt. Was, wenn VP1 über noch andere Verhaltensweise verfügte, die sie übersehen hatten? Jedenfalls notierte der Schriftführer in ihr Logbuch "VP1 nimmt Gemälde in sich auf. Zweck unbekannt."

Dass die Seltsamen Gestalten so überrascht von einem so simplen Vorgang waren, wie es das Essen für uns darstellt, begründet sich ganz einfach darin, dass sie nie etwas aßen. Sie ernährten sich ähnlich wie Pflanzen durch Photosynthese kombiniert mit einer Weiterentwicklung der Kernspaltung.

Weit interessanter für uns sollte jedoch sein, wie sie ausgerechnet auf Max als Versuchskaninchen, wollen wir es mal so nennen, gekommen waren. Denn ein gigantischer Versuch mit einem Welt verändernden Ergebnis sollte es werden, davon war vor allem der Große überzeugt. Man konnte ihn guten Gewissens als Chef der Gruppe bezeichnen, er hatte die Idee zu diesem Projekt gehabt, dessen Ergebnis sie als Abschlussarbeit einreichen wollten, um von der zweiten in die erste Klasse versetzt zu werden.

Wieso also Max? Ganz einfach: Max war ihnen als erstes über den Weg gelaufen. Außerdem schien er weglaufen zu wollen. Durch eine unerwartete Wendung in ihrem Versuch hatten sie nicht die nötige Zeit aufbringen können, jemand Geeigneteren zu suchen.

~~~

Unterdessen hatte Max im grünen Salon zu Ende gegessen und sich satt getrunken und versuchte, eine Tür zu öffnen. Sie war mit Gold beschlagen und mit fein gearbeiteten Gravuren übersät. Doch er hatte keinen Erfolg.

Er ging zur nächsten aus irgendeinem exotischen Holz, aber auch die blieb ihm verwehrt. Die dritte Tür war mit feinstem Stoff bespannt und bestickt mit Motiven aus 'Tausendundeiner Nacht', sie lies sich endlich öffnen.

Max stand in einer Mischung aus Kaufhaus, orientalischem Basar und Theatergarderobe.

„Darf ich dir etwas bringen", hörte er eine liebliche Stimme neben sich. Er fuhr herum und versuchte, seine Blöße zu bedecken, er schnappte sich einfach einen Fetzen aus dem Regal neben sich.

„Das ist doch total out, heutzutage trägt man diesen Steinzeitfummel nicht mehr."

Jetzt endlich hatte er Zeit, sein Gegenüber zu mustern. Eine hübsche junge Frau stand da, eher ein Mädchen, mit asiatischem Einschlag. Er konnte eine gewisse Ähnlichkeit mit seiner Klassenkameradin Aishe nicht leugnen.

„Wollen mal sehen", fuhr die Fremde fort, „wie machen wir aus dir einen attraktiven, selbstbewussten jungen Mann?"

Max fühlte sich am falschen Platz, er hatte Kleiderkaufen immer gehasst. Seine Mutter und er konnten sich nie einigen. Das meiste, was sie ihm vorschlug, fand er zu kindisch, aber Sachen, die ihm gefielen gab es meist nicht in seiner Größe. Dieser Umstand trug schwer dazu bei, dass er von seinen Klassenkameraden gehänselt wurde. Komisch, dass die ihm gerade jetzt einfielen, wo er nur mit einem Bärenfell bekleidet mitten in der größten Kleiderkammer der Geschichte stand.

„Darf ich mir etwas aussuchen?"

Die Frage kam bei weitem nicht so selbstbewusst, wie er sie angesichts dieser Schönheit eigentlich stellen wollte.

„Nur nicht schüchtern sein, machen wir doch eine kleine Modenschau. Du suchst dir einfach etwas aus, und ich sage dir meine Meinung dazu, in Ordnung?"

Auf seinen suchenden Blick meinte sie, Umkleidekabinen gäbe es überall im Raum, er müsse sich nur mit aller Kraft nach oben strecken, dann kämen sie herunter.

Verwirrt sah Max nach oben. Da war nur eine Decke aus einem nicht identifizierbaren Material und sie war ständig in Bewegung. Gleichmäßige Kreise wanderten über die ganze Fläche. Es sah aus, wie wenn man in einen Teich kleine Kiesel streut.

Max wurde von diesem Anblick schwindelig, darum sah er schnell wieder auf den Boden, aber auch dieser schien sich zu wölben und verschiedene Formen flossen ineinander und auseinander. Max suchte nach Halt, um sich vor einem Sturz zu schützen, fand aber nichts Greifbares. Im Fallen stieß er einen verzweifelten Schrei aus. Die Landung auf dem Fußboden war sanft und weich, der Grund gab leicht nach. Max schloss die Augen um wieder zu sich zu kommen.

„Was ist denn mit dir los?" fragte die Schönheit.

"Mir war einen Moment schwindelig", er war peinlich berührt. Viel lieber hätte er einen starken, unerschütterlichen Mann abgegeben.

„Das geht vielen so, die zum ersten Mal hier im Palast sind. Es ist alles in Bewegung. Leute, die zu sehr auf gewohnte Regeln eingefahren sind, kommen mit dem ständigen Wandel hier im Palast nicht zurecht. Nun komm, machen wir weiter mit der Modenschau. Am Besten holst du dir zuerst eine Umkleide von der Decke. Du kannst ja nicht ewig mit diesem Lappen herumlaufen."

Max musste innerlich zugeben, dass sie Recht hatte. Sehr komfortabel war das alte Bärenfell wirklich nicht. Also streckte er sich nach Leibeskräften gen Decke und flüsterte „Umkleidekabine" Der Vorgang war ihm etwas peinlich. Nichts geschah.

„Du musst lauter reden" flüsterte ihm die junge Frau zu, "sonst passiert nichts."

„Umkleidekabine!" rief Max in den Raum, während er sich wieder in die Höhe reckte und diesmal klappte es: eine wunderschön geräumige Umkleidekabine kam von der Decke herab, Harrods in London konnte keine anziehendere haben.

„So, und nun die Klamotten", sagte Max mehr zu sich selbst, aber die Fremde stand schon neben ihm und sah ihn erwartungsvoll an. „Was möchtest du zuerst probieren? Wir haben alles, was du dir vorstellen kannst in allen Größen, also auch in deiner."

„Eine Jogginghose", Maxens erster Gedanke war angesichts seiner völligen Unsportlichkeit vielleicht nicht unbedingt zu erwarten gewesen. Immerhin war das etwas zum Anziehen. Kaum hatte er seinen Wunsch ausgesprochen, da stand auch schon seine Gastgeberin bereit und bot ihm Hunderte der verschiedensten Sporthosen an. Von einfachem Leinen über Baumwolle bis hin zu Seide war alles vertreten. Max gingen die Augen über. Das funktionierte ja tatsächlich! Er ärgerte sich, dass er keine aufwendigere Bekleidung verlangt hatte, da sagte sein Gegenüber: „Willst du nicht vielleicht etwas Richtiges, etwas mit dem man auf die Straße gehen kann? Mit Verlaub, deine Figur schreit nicht gerade nach einer Sportbekleidung."

„Hast ja Recht", knurrte Max, „aber jetzt fang du nicht auch noch an! Meine Klassenkameraden ärgern mich schon genug."

„Die sind weit weg. Wenn du mit deiner Figur nicht zufrieden bist, solltest du was gegen deine Pölsterchen tun."

„Ja, ja. Du hast schon Recht."

„Magst du jetzt vielleicht etwas anderes probieren?"

„Gerne. Was hältst du von einer Jeans mit Sweatshirt und Sportsocken."

„Sweatshirt, welche Farbe?"

„Blau."

Blau wat seine Lieblingsfarbe. Er nahm die Kleidungsstücke entgegen und drehte sich um, doch die Kabine war nicht mehr da.

„Was soll denn das schon wieder?" fragte er empört.

„Wahrscheinlich hat sie sich gelangweilt und ist zur Decke zurückgekehrt. Diese Umkleidekabinen ermüden sich schrecklich schnell, bedenke das, wenn du dich umziehst!"

Diese Worte ließen Max mit ein oder zwei bösen Vorahnungen zurück, als er sich erneut eine Kabine von aus der Luft griff. Er ging hinein und lies erleichtert das Bärenfell fallen. Er sah sich nach einer Unterhose um. Mist, die hatte er vergessen.

Er steckte vorsichtig seinen Kopf aus der Umkleidekabine heraus um zu sehen, ob Aliena in der Nähe wäre. Sie stand direkt vor der Türe.

„Kann ich bitte noch eine Unterhose bekommen?" fragte er und lief dabei knallrot an. Wie oft hast du schon eine Fremde, noch dazu eine, die du hübsch findest, nach einer Unterhose gefragt? Es gibt wohl kaum etwas Unangenehmeres. Zu allem Überfluss begann die Umkleide zu ermüden und stieg wieder an die Decke. Max stand nackt da, wie einst Adam im Paradies. Aber der hatte wenigstens Feigenblätter!

Das Mädchen drehte sich netterweise um, damit Max sich eine neue Kabine pflücken konnte. Hinter vorgehaltener Hand kicherte sie. Sie verstand nicht, wie der Junge aus seiner Nacktheit so eine Staatsaffäre machen konnte.

Als Max den neuen Umkleideraum platziert hatte, warf er sich in Schale. Er schlüpfte in die Unterhosen, die Socken, die Jeans und das Sweatshirt. Alles kam ihm nahezu überirdisch weich und bunt vor. Solche Farben hatte er noch nie gesehen und der Stoff war so weich! Es musste Angorawolle sein. Er sah auf das Wäscheetikett: „Kanogri" stand da, „nur bei -30° waschen". Schon wieder so eine seltsame Angelegenheit in diesem seltsamen Palast, aber er hatte ja nicht vor, seine neuen Kleider gleich wieder zu waschen. Sie saßen wie angegossen und fühlten sich auch fast so an. Als er an sich hinunter strich, um ein Gefühl für den Stoff zu bekommen, fühlte er sich feucht an, aber nicht unangenehm, sondern wärmend und erfrischend zugleich. Warst du schon einmal in einem richtig warmen Whirlpool? So ähnlich fühlten sie sich an, nur fester und weich wie Honig, außerdem erfrischend kühl.

„Das ist doch echte Schmusewolle!" rief er aus, ganz begeistert von diesem neuen Erlebnis.

„Es ist komplett Kunstfaser", gab das Mädchen gelangweilt zurück, just in dem Moment, als die Kabine wieder entschwebte. Doch nun hatte Max keinen Grund mehr sich zu verstecken, er fühlte sich rundum pudelwohl, da kniff oder scheuerte nichts, das Kanogri fühlte sich an wie eine zweite Haut.

„Für den Anfang nicht schlecht", meinte seine neue Bekanntschaft, „aber der große Durchbruch ist das noch nicht."

„Mir gefällt es."

„Was seid ihr Männer doch anspruchslos!"

„Wenn man die halbe Nacht in einem benutzten Taschentuch verbracht hat, ist das eine tausendfache Steigerung, verstehst du?"

„Trotzdem, das steht dir nicht."

„Woher willst du das wissen?"

„Erstens: ich bin eine Frau. Zweitens: ich arbeite hier schon seit, lass mal überlegen, seit genau 9876 Jahren, 54 Tagen, 32 Stunden und einer Minute. Da bekommt man Lebenserfahrung, das kannst du mir glauben!"

Max war beeindruckt, das sah man ihr wirklich nicht an. Sie wirkte wie ein Teenager, ein außergewöhnlich hübscher Teenager dazu. Ihre Art sich zu bewegen, zu sprechen ließ allerdings eine ungewöhnliche Reife erkennen. Was sollte er sagen, wie sich verhalten?

Max beschloss, nichts zu sagen, aber den Namen der Fremden wollte er doch gerne wissen. Ohne dass er sie fragte, erwähnte sie beiläufig: "Übrigens, ich heiße Aliena, ich bin hier im Palast ausschließlich für die Erfüllung Deiner Wünsche zuständig."

Max stand einfach nur so im Raum, mit seiner neuen Kanogri-Kleidung. Die Gegenwart von Aliena war ihm genug. Nur jetzt bloß nicht diesen zauberhaften Moment zerstören! Max hatte ein komisches Gefühl im Bauch. Es prickelte, wenn er Aliena ansah, hörte aber selbst dann nicht auf, wenn er verschämt seine Augen niederschlug. Aliena wusste mit all ihrer Lebenserfahrung um ihre Wirkung auf Männer und Jungs, aber sie nutzte sie nicht aus.

„Max, komm mal her. Lass uns was anderes aussuchen, in Ordnung?"

„Alles, was du willst", stotterte Max. Er schwebte wie auf einer rosaroten Wolke zu Aliena hin. Sie griff zärtlich seine Hand und führte ihn in die Kleiderkammer, wo sie ihm einen todschicken Schlafanzug aussuchte. Max tippte auf Seide, aber Aliena antwortete gelangweilt: „Nein, Kanogri."

„Was ist denn hier nicht aus Kanogri?" wollte Max wissen.

„So gut wie nichts. Kanogri ist das Kernelement unserer künstlichen Kultur."

„Künstlich? Wie…?"

Max war verdutzt. Aliena erwiderte mit ihrer zarten Stimme, in der man beinahe baden konnte:

„Wie weiß kaum einer, aber so ist es nun mal. Nun ist es aber Zeit, Schlafen zu gehen. Morgen beginnt für dich eine anstrengende Reise."

Was immer diese liebliche Stimme von ihm verlangen mochte, war Max gewillt zu tun. Er legte sich auf das einladende Bett und sank weich in die Kissen.

„Schlaf gut, Max." Aliena hauchte ihm noch einen Kuss auf die Stirn, aber Max war schon eingeschlafen.

In einem so weichen Bett hatte er noch nie geschlafen. Sein Bett zuhause war in Ordnung, aber Weichspüler verwendete er nie, denn der war teuer. In diesen weichen Laken konnte man nur süße Träume haben. Oder völlig wirre, zusammenhanglose. Von Letzteren war die Sorte, die Max in dieser Nacht heimsuchte. Sie waren nicht eigentlich erschreckend, nur seltsam, seltsamer noch als seine Entführer. Alles ging durcheinander.

Frieder küsste Max, Mrs. Kiesweather stand hinter der Bäckereitheke und sie hatte riesenhafte Ohren. Herr Maier trug ein Ringertrikot und war völlig außer Puste, weil er sich am Klettertau aufgehängt hatte, in einer Höhe, die für Max immer unerreichbar geblieben war. Das eine Ende des Taus verwandelte sich in einen Schlangenkopf, der Max anzischte: „Sieh her, so wird es jedem gehen, der dich nicht achtet."

Im gleichen Moment erschien ihm ein Schwein, das fragte, ob ihm Max etwas von seinem Speck abgeben wolle.

Max wehrte sich verzweifelt, denn eine äußerst hässliche Hexe machte sich daran, seinen Kanogri-Schlafanzug aufzuribbeln und spann sich mit den Fäden selbst in einen riesigen Kokon ein. Aus dem schlüpfte kurz darauf ein wunderschöner Schmetterling, der Feuer spie und einen Song der Rolling Stones schmetterte.

Max war das Wundern schon fast vergangen, als Friedrich ihm freudestrahlend entgegenkam und berichtete, er habe gerade beim Hundertmeterlauf den letzten Platz gemacht. Friedrich war stolz wie ein Hahn über diesen schlechten Platz, den eigentlich Max gepachtet hatte. Er wurde jedoch sogleich verdrängt von einem alten Foto seiner Mutter. Es war schwarzweiß und aufgenommen, bevor sie sich und ihre Schönheit mit Alkohol und Zigaretten ruiniert hatte. Das Bild erwachte zum Leben und streckte seine Arme aus, Max wollte ihr in die Arme laufen, aber was er auch tat, er kam der sehnlich Vermissten nicht näher.

Max rannte und rannte, er empfand keine Einschränkungen mehr wegen seines zerschlagenen Körpers. Seine Kondition schien auch deutlich besser zu sein, als in den letzten Jahren. Trotzdem wurde er nach einiger Zeit des Rennens müde und wachte auf. Tränen überströmten sein Gesicht. Seine Mutter, die liebevolle, lange entbehrte Seite seiner Mutter, war für ihn unerreichbar geblieben. Wie spät war es überhaupt? Max hatte völlig das Zeitgefühl verloren und die immergleiche Dämmerung in seinem „Gefängnis" macht die Zuordnung der Tageszeiten auch nicht einfacher.

Max drehte sich noch einmal um, er hoffte, den Traum dort wieder aufnehmen zu können, wo er ihn beendet hatte. Wider Erwarten schlief er sofort wieder ein. Diesmal allerdings versank er in einen tiefen, traumlosen Schlaf.

Wie im Märchen

Max erwachte, als sich sein fürstlich kuscheliges Bett zu langweilen begann und von jetzt auf gleich verschwand. Er fiel etwa einen halben Meter hinunter. Das machte jedoch nichts, weil der Boden, wie auch die Wände des Palastes weich wie Honig waren.

Der Junge war er jetzt wach und rieb sich kurz den Schlaf aus den Augen, streckte sich und verlangte nach Frühstück. Kaum gesagt, kam es auch schon von oben. Max konnte nicht erkennen, ob die prächtige Tafel mit allerlei Schleckereien darauf aus der Decke oder einfach aus der Luft, erschien. Der Platz duftete süßlich und war schwanger mit Zimt und Nelken.

Was befand sich nun auf dem Tisch? Die verschiedensten Torten und Kuchen, viele davon sind in unserer Welt kaum bekannt; dazu süße Brötchen, Marmeladen von jeder bekannten und unbekannten Frucht, Honig von jeder bekannten und unbekannten Blüte, Kakao, Säfte. Alles stand wild herum und hatte doch eine gewisse Logik in der Anordnung.

Da gab es Äpfel, Orangen, Datteln, Feigen, Bananen und Melonen. Max liebte Melonen. Außerdem wurden Ananas, Pfirsiche und Birnen aufgetischt, doch dazu kam er nicht mehr. Er wollte sich gerade einen Birnenschnitz in den Mund schieben, da wurde dem Frühstück langweilig und es verschwand wie es gekommen war: schnell und lautlos. Auch die Birne, die Max in der Hand hatte, war weg. Er war nicht sicher, ob er sich freuen sollte, dass er nichts mehr essen musste. Er beschloss, zufrieden zu sein mit dem, was er vertilgt hatte. Eine ganze Kompanie hätte davon satt werden können. Aber er fühlte sich nicht voll, es war genau richtig. Bevor er sich allzu viele Gedanken machen konnte, ob er sich noch ein zweites Frühstück holen sollte, betrat Aliena den Raum.

Sie hatte eine Schüssel und eine Kanne mit klarem, frischem Wasser bei sich und ein rot-weiß kariertes Handtuch. Max war im Gesicht ganz verschmiert, das bemerkte er jetzt auch. Aliena reichte ihm mit einem kleinen Knicks die Kanne. Nachdem der Junge sich gewaschen hatte hielt sie ihm das Handtuch hin, was er dankbar entgegennahm.

Dann wurde Aliena plötzlich geschäftig.

„So gehst du mir nicht aus dem Haus! Für die nächsten Tage solltest du dich etwas passender kleiden."

Max fühlte sich überrumpelt.

„Wie - passender? Du meinst mit Anzug und vielleicht noch mit einer Fliege? Vergiss es! Nicht mit mir."

Aliena versuchte, den verstörten Max zu beruhigen:

„Nein kein Smoking und auch keine Fliege."

Max war beruhigt. Aber nur bis Aliena ein rot-gelbes Bündel Stoff hervorzog, dass ihn Schlimmes ahnen ließ.

„Moment mal, Aliena, ich hoffe das ist ein Vorhang oder eine Tischdecke."

Aliena lächelte verlegen, aber aufmunternd.

„Max, probier es doch mal an. Es ist auch aus Kanogri und hat genau deine Größe. Ich wette, du siehst großartig darin aus!"

„Aliena, musst du mir das antun? Kann ich nicht einfach den Schlafanzug anlassen? Oder wieder das coole Teenie-Outfit von gestern haben?"

Max war nicht so einfach zu überzeugen. Aliena dagegen wusste genau, dass er mit einer derartigen Gewandung keinen Blumentopf gewinnen würde. Jedenfalls nicht wo sie ihn plante hinzuschicken,.

Bestenfalls würde man ihn einer Teufelsaustreibung unterziehen.

Um das zu vermeiden war es wichtig, dass er das ausgesuchte Kleidungsstück anlegte.

„Bitte, Max, zieh es an. Für mich", flötete sie ihm zu.

Max wurde schwach.

„Na gut, wenn du dir das wünschst. Aber du musst dich umdrehen."

Aliena wandte sich ab und Max holte sich eine Umkleidekabine von der Decke. Er ging hinein und zog den Schlafanzug aus und auch seine Strümpfe und das Unterhemd. Dann schlüpfte er in das neue Gewand.

Es war eine Art Overall, mit einer Strumpfhose als Beinkleid, die ihm ausgezeichnet passte, auch das Oberteil, das nahtlos mit der Hose verbunden war, umschmeichelte seinen Körper.

Jetzt erst merkte Max, dass er durch die Halsöffnung in den Anzug gestiegen war. Noch bevor er sich groß Sorgen machen konnte über die viel zu weite Halskrause, zog die sich zusammen.

Sie lag eng an, drückte aber nicht und behinderte auch nicht das Schlucken. Maximilian fühlte sich bestens gekleidet. Als er aber einen Spiegel von der Decke wünschte und sich darin betrachtete, kippte er fast aus den Latschen. Das sollte er in der Öffentlichkeit tragen? Dann doch lieber nackt!

Die Kabine langweilte sich und entschwand gen Decke. Max stand da wie ein begossener Pudel.

„Aliena, das ist nicht dein Ernst, oder?"

Aliena drehte sich ihm zu.

„Natürlich ist das mein Ernst. Du siehst zum Anbeißen aus, aber etwas fehlt noch, warte einen Augenblick!" und sie verschwand.

„Die verarscht dich, Max. Das kann man doch nicht einmal im Fasching anziehen", überlegte Max leise, aber Aliena schien ihn trotzdem gehört zu haben, denn sie rief durch mindestens drei Säle hindurch: "Max, ich will dich nicht lächerlich machen. Glaub mir, wo du hingehst, ist diese Kleidung die einzige Möglichkeit, dich nicht lächerlich zu machen. Außerdem: mir gefällst du wirklich in diesem Kostüm."

Sie kam wieder in die Halle, in der Max immer noch ziemlich unsicher stand.

„Hier, das sind die passenden Schuhe, und eine Kopfbedeckung brauchst du auch noch."

Max hatte mittlerweile die Zwecklosigkeit einer Weigerung eingesehen. Wenn sie meinte, dass ihm das stand, dann wollte er es tragen. Er hätte es nie zugegeben, aber Aliena war ihm sympathisch, sehr sympathisch sogar. Also zog er noch die Lederstiefel an, die ausgesucht fein gearbeitet waren.

„Kanogri" stand auf einem Etikett.

„Sag mal, Aliena, was wird hier eigentlich nicht aus Kanogri gemacht?"

„Habe ich dir das nicht schon gestern erklärt? Egal: Kanogri ist eine geniale Substanz. Aus ihr kann man fast alles herstellen."

Sie überlegte kurz,

"ja, bis auf Fahrzeuge und Lebensmittel eigentlich alles."
Max war erstaunt. So etwas gab es auf der Erde nicht, eine so
universelle Substanz. Wenn er die mit nach Hause nehmen könnte,
wäre er ein gemachter Mann. Wenn er jemals wieder nach Hause
kam…
„Auf, auf, Max, nun aber los! Der Tag ist schon weit
fortgeschritten. Höchste Zeit aufzubrechen."
„Wohin? Warum?"
Max wollte lieber bei Aliena bleiben, aber sie war unerbittlich.
„Ich habe dir für den Anfang etwas Leichtes ausgesucht",
sagte sie leichthin, „das sollte auch nicht zu gefährlich werden."
Gefährlich? Max war sich seiner Sympathie Aliena gegenüber
nicht mehr ganz so sicher. Aber er wollte wenigstens so tun, als
wäre er ein tapferer Junge.
„Was soll es denn für Gefahren geben? Ich habe keine Angst."
„Doch, Max, die hast du. Aber das macht nichts. Ich mag dich,
auch wenn du Angst hast."
Sie führte Max einen langen Gang hinunter, in den unzählige
Türen eingelassen waren wie überall im Palast auf beiden Seiten.
Keine Tür glich der anderen, aber alle wirkten sehr massiv. Vor
einer Tür, die nach Lebkuchen duftete, hielten sie an.
„So, Max, wenn du durch diese Tür gehst, beginnt dein erstes
Abenteuer im Palast der Prüfungen."
Max wollte jedoch kein Abenteuer erleben, er wollte einfach
gemütlich essen und schlafen und vielleicht Fernsehen schauen
Nebenbei bemerkt: er hatte in seinem Gefängnis-Palast noch kein
einziges TV-Gerät zu Gesicht bekommen. Aber Aliena schob ihn
durch die Tür, die sie soeben für ihn geöffnet hatte.
„Kommst du nicht mit?" fragte Max zaghaft.
„Nein, ich darf nicht, du musst es alleine schaffen."
„Was schaffen?"
„Das wirst du schon sehen, mach's gut!" Und sie schloss die
Lebkuchentür hinter ihm.

~~~

In einem seltsamen Raum in einer seltsamen Schule standen 7 seltsame Gestalten und hatten ihren Blick auf die Wand gerichtet, auf der unzählige Bilder zu sehen waren, alle in Bewegung. Extrem kurze Filme. Auf den Bildern war Max zu sehen, Max im Schlaf, Max mit Aliena, Max beim Umkleiden, Max beim Essen. Die einzelnen Bilder umfassten jeweils nur einen kurzen Teil des Geschehens, dafür wiederholte sie sich anscheinend endlos. Deswegen wurde der seltsame Raum auch andauernd größer, da immer neue Ereignisse stattfanden. Der Dünne war fasziniert von Max beim Essen. Er vergaß einen Augenblick seine Zurückhaltung und lies eine unbedachte Bemerkung fallen: "Das war vielleicht knapp. Fast hätte sie ihn nicht durch die Tür gekriegt." Doch der Große hatte seine Ohren überall: "Hast du an meinen Fähigkeiten gezweifelt?" "Nein, natürlich nicht, Boss." "Ist auch besser für dich, Dünner." Der Hässliche mischte sich ein: "Wir werden sehen, wie VP1 die Umgebung gefällt, die wir nach seinem Unterbewusstsein gestaltet haben." Der Kleine bangte: "Hoffentlich macht er nicht alles kaputt. Schließlich müssen wir das Projekt noch unserem Kursleiter zeigen." Der Große hatte zwar Verständnis für die Aufregung seiner Projektmannschaft, bat aber dennoch um Ruhe und Aufmerksamkeit. Er wollte vermeiden, dass irgendeine Kleinigkeit übersehen wurde.

~~~

Max fühlte sich unterdessen, als stünde er im Wald. Und als es langsam heller wurde, sah er, dass er tatsächlich in einem Wald stand. In einem reichlich komischen Wald, wo Schweine in Schwärmen flogen, Bäume umhergingen und redeten und Tauben ständig sangen: "Ruckedigu, Ruckedigu, Blut ist im Schuh."

Das speziell verunsicherte Max ein Wenig, denn seine nagelneuen Schellenschuhe waren pieksauber, keine Spur von Blut. Sie waren das einzige Teil seines neuen Outfits, das er einigermaßen lustig fand. Alles andere war ihm total peinlich.

Die Hose, wie der gesamte Anzug hauteng, war zweifarbig, das eine Bein rot mit gelben Karos, das andere gelb mit roten Punkten. Das Hemd hatte Fransen und war ebenfalls zweifarbig, dazu die Kappe, mit Bommeln und Glöckchen daran. Diese hatten ein Eigenleben. Sie klingelten nicht nur bei Bewegung.

Langsam dämmerte Max, dass es in dieser Umgebung wirklich peinlich gewesen wäre, normal angezogen zu sein.

Da kam ein Schornsteinfeger vorbei, das Gesicht schwärzer als sein Anzug. Außerdem spazierte eine Geißenmutter mit Kleid und weißgepunkteter roter Schürze neben einer Prinzessin mit goldenen Schuhen und einer Goldenen Gans unter dem Arm.

Max dachte sofort an einen Karnevalsumzug, was er schon immer gehasst hatte. Aber dafür schienen ihm die Gestalten zu traurig. Irgendetwas schien sie zu bedrücken. Als sich Max nach einer Weile ein Herz gefasst hatte, ging er zu einem kleinen Fliegenpilz am Wegrand und fragte, wieso denn alle so übel gelaunt wären.

"Geht dich nichts an!" giftete der Pilz zurück.

"Du bist wohl noch nicht lange hier, sonst wüsstest du, was los ist." Sprachs und hüpfte seiner Wege.

Pilze können nämlich nicht normal laufen, sie haben ja nur einen Fuß. Ratlos blieb Max zurück. Das war vielleicht ein Giftzwerg!

Er versuchte sein Glück noch einmal bei einer hübschen jungen Frau, die allerdings ein sehr schäbiges altes Kleid anhatte.

"Entschuldigen Sie, warum sind hier alle so traurig?"

"Pah, ich rede doch nicht mit jedem dahergelaufenen Hanswurst!"

Mit diesen Worten wollte sie sich abwenden, doch Max versuchte es noch einmal:

"Seien Sie doch nicht so empfindlich, sie benehmen sich ja wie, wie, wie die 'Prinzessin auf der Erbse'!"

"Haha! Toller Witz! Haha!"

Offensichtlich fand sie das gar nicht lustig, denn Ironie triefte aus jedem ihrer Worte.

"Und wenn ich die jetzt bin? Ja, ich bin die 'Prinzessin auf der Erbse' und ich habe es satt, jede Nacht auf einen Riesenstapel Matratzen zu klettern und darauf schlafen zu sollen. Ich habe es satt mir jede Nacht einen neuen blauen Fleck zu holen. Ich bin übersät davon. Davon soll man keine schlechte Laune bekommen?"

Sie hatte sich in Fahrt geredet, Max versuchte zu unterbrechen: "Entschuldigen Sie bitte, eure Hoheit, ich wollte Sie nicht respektlos anreden. Aber ich konnte Ihnen ja nicht ansehen ..."

"Das ist schon das Nächste: Immer diese halbverrotteten Lumpen am Leib. Eine Prinzessin, die ich ja zweifelsohne bin, tausendfach bestätigt durch diesen vermaledeiten Erbsentest; und jeder dahergelaufene Hanswurst quatscht einen blöd von der Seite an. Und außerdem: Die Prinzen sind auch nicht mehr das, was sie mal waren. Eigentlich müsste mich jetzt einer von ihnen vor dir retten, aber natürlich müssen die wieder Drachen jagen ..."

Sie jammerte und beschwerte sich weiter und suhlte sich geradezu in ihrem Elend und in der Frechheit der Prinzen, außerdem schimpfte sie auf das schlechte Wetter. Es war, nebenbei gesagt, strahlender Sonnenschein.

Aber Max hörte das nicht mehr. Er hatte ungefähr bei der dritten Erwähnung der Erbsen das Interesse an dieser furchtbar eingebildeten und hochnäsigen Dame verloren.

"Lass sie schimpfen", dachte er und ging weiter zu einem Bach, um sich dort den Durst zu löschen. Der kleine Fluss murmelte munter vor sich hin und sprang von Stein zu Stein und führte ein Selbstgespräch auf Bächisch.

"Wenigstens der Bach ist vergnügt", dachte Max. Da hatte er sich aber geirrt!

Kaum dass er seine Hand in das frische kalte Wasser getaucht hatte, ertönte ein blubberndes "Finger weg", was Max dazu veranlasste, seine Hand, wie von der Tarantel gestochen, zurückzuziehen.

"Entschuldigung, aber ich habe großen Durst."

Das jedoch ließ der Bach nicht gelten.

"Das sagen sie alle. Blubb. Wie es mir damit geht, fragt keiner. Blubb. Ich fühle mich völlig ausgesaugt und erschöpft. Blubb. Ständig kommt einer und will sich erfrischen. Blubb. Mir reicht es langsam. Blubb. Verzieh dich! Blubblubb!" Und der Bach spritzte Max von oben bis unten voll. Jetzt sah er nicht nur lächerlich aus, sondern war auch noch klatschnass.

Max verließ den Bach. Soviel Erfrischung hatte er nicht gewollt! Er suchte sich eine einsame Lichtung und hängte seinen nassen Hanswurst-Anzug über einen Baum. Er selbst legte sich ebenfalls zum Trocknen in die Sonne, die herrlich warm auf seinem Bauch spielte. Von der Beobachtung der Sonnenstrahlen wurde Max müde und schlief ein.

Er wachte auf, als ein großer Hofstaat mit vielen Posaunen und Trompeten über die Lichtung zog. Offensichtlich lag Max genau auf der Route dieses Zuges, denn direkt vor ihm hielten sie an. Sie begleiteten eine Sänfte, die ganz aus Gold war und ein prächtiges Wappen trug.

In der Sänfte saß ein Mann, nackt bis auf die Krone. Er sah sehr stolz aus. Sein Gefolge war ähnlich angezogen wie Maximilian. Hautenge Overalls mit Fransen und Glöckchen. Das Ganze aber in Blau und schwarz.

"Hohoho. Haltet an. Ich sehe schon, dieser junge Mann ist mir ebenbürtig. Er trägt auch die kostbaren Kleider, die man nur sieht, wenn man sehr klug ist."

Und er sah selbstgefällig über seinen Hofstaat hinweg.

Max rappelte sich auf. Vor Schreck vergaß er ganz, dass seine Kleider am Rande der Lichtung auf einem Baum hingen. Er trat vor den nackten Mann, es musste wohl ein König sein, und verbeugte sich leicht. In diesem Augenblick wurde er sich der Abwesenheit seiner Kleidung bewusst.

"Verzeiht eure Majestät, dass ihr mich so seht."

"Du nimmst dir ganz schön was heraus, die gleichen Kleider zu tragen wie der Kaiser. Aber da du offenbar genauso klug bist wie ich, will ich dir das vergeben. Wenn du willst, werde ich dich in meinen Hofstaat aufnehmen. Dann habe ich endlich einen ebenbürtigen Schachpartner."

Max fühlte sich überhaupt nicht wohl in seiner Haut und Schachspielen lag ihm gar nicht.

"Aber Majestät, ich bin doch nur ein kleiner Junge und ich bin nackt, genau wie ihr auch."

"Wie? Ich nackt? Haben mich die Schneider schon wieder betrogen? Du musst wissen, das passiert jede Woche mindestens einmal. Du hast ja keine Ahnung, wie das nervt. Die ganze Welt lacht schon über mich. Aber immer, wenn die Geschichte von 'des Kaisers neue Kleider' erzählt wird, passiert es aufs Neue, und ich kann nichts dagegen tun."

Max war seine Blöße ziemlich unangenehm.

"Wenn es eurer Majestät beliebt, werde ich mich jetzt anziehen. Ich war nur nass, deswegen habe ich ..."

"Ein Bettnässer?!" kreischte der Kaiser außer sich.

"Hinfort mit ihm! Und so was wollte ich in mein Gefolge aufnehmen."

"Verzeiht, Majestät, der Bach war nur ärgerlich. Er hat mich nass gespritzt."

"Quatsch", donnerte der Kaiser, "Der Bach hat überhaupt keinen Grund, ärgerlich zu sein. Der liegt ja immer nur in seinem Bett herum und schwappt mal da, mal dort. Das ist Wehrkraftzersetzung! Man verhafte den Bach auf der Stelle!"

Der Kaiser tobte und weil er nicht nur nackt war, sondern auch sehr fett, schwabbelte er dabei ziemlich, was zu einiger Heiterkeit unter seinem Gefolge führte. Schließlich gab der Kaiser entnervt den Befehl, ins Schloss zurückzukehren. Unter Gelächter seitens des Hofstaates entfernte sich der schimpfende Kaiser, was Max die Gelegenheit gab, sich zu seinen Kleidern zu begeben und sie anzulegen. Selten hatte er sich so wohl gefühlt, albernes Zeug anzulegen.

Jedenfalls meinte er jetzt zu wissen, woran all die Leute im Wald litten. Ihre Geschichten, die in unserer Welt als Märchen erzählt werden, wiederholten sich ständig. Dass da eine gewisse Gewöhnung und Langeweile auftrat, war nur natürlich. Die Märchenwesen hatten auch keinerlei freien Willen. Alles, was Geschichtenerzähler vor langer Zeit festgelegt hatten, geschah genau so und eine Veränderung schien unmöglich.

Bestimmt war es seine Aufgabe, den Märchenfiguren zu zeigen, dass sie nicht nur Gestalten aus Büchern waren. Sie wurden auch um ihrer selbst willen geschätzt. Vielen Kinder freuten sich über sie, manch gut gemeinte Lehre wurde anhand ihres Ergehens verständlich. Vielleicht hülfe diese Information den unterdrückten Märchenfiguren? Der Junge wollte es ja gerne probieren. Allerdings war gerade keine unterdrückte Märchenfigur zur Hand. Max machte sich also auf und stapfte frohgemut und voller Entschlossenheit weiter in den Märchenwald hinein.

Hinter einer hohen Eiche, die ständig über ihr hohes Alter und die vielen Runzeln auf ihrer Borke klagte, trat ein äußerst unmotivierter, aber dennoch höchst Angst einflößender Wolf hervor: „Hallo schönes Kind, was hast du denn in deinem Korb?"
Als er merkte, dass er ein Kind vor sich hatte, das sich erdreistete ohne Korb aufzutauchen, rollte er seine schrecklichen, feurigen Augen und stöhnte dramatisch: „Wer hat denn jetzt schon wieder das Märchen umgeschrieben? Aber vor allem, was ist das hier?"
Er musterte Max von oben bis unten.
„Warum schicken sie statt des Rotkäppchens einen völlig talentfreien Jungen? Noch dazu ohne Korb!"
Man könnte jetzt denken, Max sei beim Auftauchen des Wolfes sicher sehr erschrocken. Unter anderen Umständen wäre er das sicher auch, aber der Wolf ließ ihm gar keine Zeit dazu.
„In Ordnung, ich bin ja flexibel", stöhnte der Wolf.

„Darf ich auch mal einen Vorschlag machen? Können wir heute den ganzen Zirkus mit dem Kuchen und der Großmutter überspringen? Nur zur Information: Ich habe so große Augen, damit ich dich besser sehen kann, und so weiter und so weiter. Ich würde heute auch gerne das Fressen der Großmutter weglassen. Erstens ist die Großmutter alt und zäh, das ist nichts für mich. Zweitens: die Großmutter ist alt und gebrechlich. Ich habe keine Ahnung, wie lange sie dieses ständige Aufgefressen und wieder Herausgeschnitten werden noch aushält. Ich stelle mich lieber gleich dem Jäger."

Und der Wolf stellte sein Schauspieltalent in einer absolut sehenswerten Vorstellung dar. Er übernahm beide Rollen, die des Jägers und die des Wolfes. Hilfsmittel hatte er anscheinend schon vorbereitet. Endlich konnte er seine Vorstellung von 'Rotkäppchen' verwirklichen. Er verschwand hinter einem Baum, kam dann völlig verängstigt mit hoch erhobenen Pfoten hervor, er zitterte und winselte um Gnade. Dann tat er einen großen Schritt aus seiner Ecke, setzte sich einen Jägerhut auf und richtete einen langen Stock in Richtung seines vorherigen Standpunktes.

„Sein oder nicht sein, Schurke: Für dich heißt das wohl eher nicht sein."

Er simulierte das Gewehr.

„Peng, peng."

Dann pustete er den imaginären Rauch weg und hauchte:

„Ich komme wieder."

Dann verbeugte er sich übertrieben und erwartete Applaus, den Max ihm natürlich überreichlich spendete.

„Moment, Moment!"

Max sah seine Chance zum Eingreifen gekommen. Dieser tragische Wolf hatte durchaus Begabung, sein Publikum zu fesseln.

„Das Märchen findet doch im Augenblick gar nicht statt! Ich bin nicht das Rotkäppchen, wie du ja schon ganz richtig bemerkt hast."

„Auch nicht die Sieben Geißlein?" fragte der Wolf verunsichert.

„Auch die nicht, und du musst auch mein Haus nicht husten und pusten."

„Das macht sowieso mein Kollege. Ich bin nur in der Abteilung Rotkäppchen und Geißlein. Aber was machst du dann hier?"
„Kauf dir erst mal eine Brille!"
Max war leicht genervt von dem Gehabe des Wolfes.
„Ich bin gekommen, dich zu befreien."
„Mich befreien? Wovon befreien? Wieso mich? Mir geht's doch gut hier. Sicher, die Großmutter ist ziemlich zäh, aber das Rotkäppchen ist zart und lecker. Außerdem habe ich Anspruch auf bezahlte Überstunden und volle Lohnfortzahlung im Krankheitsfall, dazu vermögenswirksame Leistungen... Was auch immer das sein mag."
Max unterbrach ihn: "Aber es ist doch immerzu das Selbe. Wird dir da nicht langweilig?"
Der Wolf wog ab. Dann sprach er: "Zugegeben, manchmal ist die Geschichte etwas eintönig. Aber so ist halt der Job."
Er zuckte mit den Achseln, drehte sich um und verschwand im Unterholz.
Sollte es möglich sein: Max wollte etwas für die unterdrückte Märchenwelt tun und eine der bestgehassten Märchenfiguren, der Wolf, fühlte sich ziemlich wohl dabei und machte jeden Hilfsansatz zunichte?
Aber vielleicht war das gar nicht seine Aufgabe? Wenn niemand seine Hilfe wollte, warum sollte er sich dann darum bemühen? Offensichtlich waren die Waldwesen mit ihrer Unzufriedenheit ganz zufrieden. Aber was sollte er dann hier? Aliena hatte etwas angedeutet, das Max seine Aufgabe finden sollte.
Aber welche Aufgabe, wenn es nicht die nahe liegende war? Wo suchen?
Max war ratlos, er beschloss, weiter den Wald zu durchstreifen. Möglicherweise fand er dann jemanden, der um die Arbeit wusste. Vielleicht erkannte er sie, wenn er davor stand. In jedem Fall konnte es nicht schaden, wenn er mehr über dieses merkwürdige Land erfuhr. Mit einem gleichmütigen Seufzen machte sich Max daran, den Weg unter seine Füße zu nehmen. Er wollte sich treiben lassen, wohin in seine Nase führte.

Felsen und anderen Hindernissen, wie zum Beispiel Pflananelbäumen wich er geschickt aus.

Der Pflananelbaum ist eine Kaktusart, etwa 20 Meter hoch, ihr herausragendes Charakteristikum sind die weichen, pinkgepunkteten Stacheln, die vom orangefarbenen Stamm abstehen.

Die Frucht, der Pflananel, ist grün-gelb-kariert und wurfelförmig, der Geschmack ist eklig, aber seltsamerweise sind alle Einwohner des Märchenwaldes verrückt danach. Max hatte schon frühzeitig einen Pflananel gekostet. Kurz, nachdem er das Märchenland betreten hatte, aber ihm sagte der bittere, pappige Geschmack nicht recht zu. Um ehrlich zu sein: Nach jenem ersten Bissen hatte er sich übergeben müssen.

Aber zurück in die Gegenwart, zu Max, wie er durch den Wald streifte: Der Zufall oder das Schicksal, wer weiß das schon genau, wollte, dass just in diesem Moment eine Entenfamilie den Weg des Jungen kreuzte. Sie unterhielten sich angeregt.

Ein Küken trottete abgeschlagen hinterher. Es war größer als die anderen, und es war grau und nicht so hübsch gelb-braun gefleckt. Auf Max wirkte dieses hässliche Entlein ausgestoßen und gemieden. Er hatte Mitleid mit dem armen Tier, er fühlte sich ihm verbunden, schließlich war er auch lange ein schon Außenseiter.

Max beugte sich zu dem Entlein nieder und sprach es an: „Na du, mag deine Familie dich nicht?"

Das Entlein hob erstaunt den Kopf und musterte Max mit klugen Augen: „Na und, wen interessiert das schon?"

„Mich", Max beeilte sich, den Gesprächsfaden nicht abreißen zu lassen, „aber sieh es doch mal so: Wenigstens hänselt dich keiner."

Mit einem bitteren Ausdruck um den Schnabel erwiderte das Entlein: „Darüber sind sie schon hinweg. Jetzt ist ignorieren dran. Du hast ja keine Ahnung, wie weh das tut."

„Doch habe ich", sagte Max mitfühlend, „mir ging es genauso, bevor ich hierher gekommen bin. Man hat mir mein Pausenbrot geklaut und mich erniedrigt."

„Hat dich jemand gefragt?" erwiderte das Entlein pampig. „Ich bin hier das Opfer, nicht du. Ich bin das hässliche Entlein, vergiss das nicht! Und jetzt, lass mich bitte wieder allein. Du kannst mir nicht helfen, außerdem bin ich sowieso ganz gern für mich."

Es wandte sich zum Gehen und watschelte seiner Familie hinterher. Enttäuscht blickte Max ihm nach, er wandte sich um und sah sich vor dem Eingang zu einem großen Park. Neugierig trat er durch ein Tor, das sich ihm bereitwillig öffnete. Ein breiter Kiesweg lief schnurgerade auf ein Schloss zu. Max wollte dort nachfragen, ob jemand um seine Aufgabe wüsste. Aber dieses Vorhaben wurde überraschend zunichte gemacht.

Neue Bekanntschaften

Eine liebliche Stimme suchte sich ihren Weg durch den Schlosspark. Max schlich wie verzaubert in die Richtung, aus der sie kam. An einem großzügig angelegten Brunnen saß ein wunderschönes Mädchen und spielte mit einer goldenen Kugel. Sie warf sie immer wieder hoch und fing sie voller Entzücken immer wieder auf.

Maximilian war verwundert, denn dieses Spiel schien ihm doch recht eintönig. Das kleine Fräulein hatte scheinbar seinen Spaß daran. Max kroch näher heran, er wollte genauer sehen, was da vor sich ging. Einen Augenblick war er unaufmerksam, und schon hörte er einen schrillen Schrei; „Nein, nicht mein Ball!"

Direkt danach folgte ein lautes Platschen. Sofort brach das Mädchen in Tränen aus. Sicher hat noch niemand jemals ein derart erbärmliches, herzerweichendes Weinen gehört.

„Kann ich dir helfen? Wein doch nicht. Das war doch nur ein Ball. Dein Vater kauft dir sicher einen neuen."

Max hatte sich zu dem schluchzenden Kind begeben und wollte zum Trost seinen Arm um ihre Schultern legen, aber sie schüttelte die Umarmung ab und hörte nicht auf zu jammern und zu klagen: „Das war mein goldener Ball, mein ein und alles. Vater hat ihn mir geschenkt, als ich noch ganz klein war, und jetzt ist er verloren. Kann mir denn niemand meinen goldenen Ball zurückholen?"

Unbeholfen versuchte Max, näher an den Brunnenteich heranzukommen. Er beugte sich darüber und erschrak: „Der Brunnen wirkt aber sehr tief, meinst du nicht?"

Beinahe schon etwas pampig gab das schöne Mädchen zurück: „Natürlich ist er tief, wäre er seicht, hätte ich den Ball schon längst selbst zurückholen können. So muss ich jetzt hier sitzen in Ewigkeit, bis ein tapferer Prinz mir meinen Schatz wieder heraufholt."

„Und wenn ihn ein kleiner Junge heraufholt?"

„Dann mache ich ihn zum Prinzen."

„Kannst du das denn?"

„Mein Vater erfüllt mir jeden Wunsch. Und ein König kann bekanntermaßen jemanden zum Prinzen machen."

„Ich verstehe nicht. Dein Vater ist König?"

"Ja, das ist er. Und ein großer noch dazu."

„Wie groß?" Max war immer noch verdattert. Schon wieder eine Prinzessin kennen zulernen, damit hatte er nicht gerechnet.

Aber Prinz zu werden, war eine durchaus reizvolle Aussicht. Er zog seine Schellenschuhe aus und prüfte mit der großen Zehe die Wassertemperatur. Wider Erwarten war dieses tiefe klare Gewässer angenehm warm und keinesfalls eiskalt, wie er zunächst angenommen hatte.

„Holde Prinzessin, ich werde für euch den güldenen Ball aus des tiefen Abgrundes gähnender Tiefe empor holen."

Max dachte, mit Prinzessinnen müsse man so geschwollen reden. Aber da hatte er sich geschnitten.

„Holst du jetzt den Ball oder nicht?" die eben noch Verzweifelte stemmte ihre Hände in die Hüften und wippte ungeduldig mit den Zehen.

Max war von dem plötzlichen Stimmungsumschwung überrascht, er konnte nur noch stottern: „Ja, ja, ich geh ja schon."

und stieg ins Wasser.

Wie er das aus dem Schwimmverein kannte, holte er dreimal tief Luft, und tauchte ab. Das heißt, er versuchte abzutauchen. Aus irgendeinem Grund kam er aber nicht tiefer als einen Meter. Mochte es ein Zauber sein, der über diesem Gewässer lag, mochte es der erhöhte Fettanteil im Körper des edlen Recken sein, jedenfalls kam Max nicht in tieferes Wasser. Atemlos tauchte er prustend wieder auf. Die Prinzessin stand erwartungsvoll am Ufer, aber sobald sie bemerkte, dass der Ball nicht gefunden war, brach sie erneut in ihr steinerweichendes Geheul aus.

Max startete sofort einen zweiten Tauchgang. Über seine Motive war er sich jetzt überhaupt nicht mehr sicher.

Wollte er Prinz werden?

Wollte er der Prinzessin helfen?

Oder wollte er einfach dem ohrenbetäubenden Geräusch ihres Jammerns aus dem Weg gehen oder vielmehr einfach abtauchen?

Allen Anstrengungen zum Trotz konnte er auch im dritten und vierten Anlauf den Ball nicht finden, der zweifelsohne auf dem Grund des Brunnens liegen musste. Eine Schätzung über die Tiefe des Gewässers traute Max sich nicht zu. Er tat auch besser daran, denn sie war größer, als sich irgendein Mensch auch nur vorstellen konnte. Nach zehn Versuchen ließ Max seine Hoffnungen auf eine steile Karriere als Prinz und ein Leben im Luxus sausen und schwamm an Land. Hoffnungsvoll sah ihn die Prinzessin aus verweinten Augen an: "Konntest du den Ball Finden? Gib ihn mir."

Max schüttelte traurig den Kopf. Zu gerne hätte er den Ball zurückgebracht, aber der war ja leider nicht zu beschaffen.

„Verschwinde! Erst machst du mir Hoffnungen, dann kannst du dein Versprechen nicht halten. Lass dich nie mehr hier blicken!"

Die Trauer und Ungeduld der Prinzessin war in Wut umgeschlagen. Beinahe blitzte Mordlust aus ihren Augen, doch zum Glück für Max wurde sie sogleich wieder von Trauer um ihr geliebtes Spielzeug überfallen und begann wieder zu schluchzen.

Dramatisch sank sie am Rand des Brunnens nieder und vergrub ihren bebenden Kopf unter ihrem wallenden blonden Haar und ihren Armen. Max ging vorsichtig auf sie zu und wollte sie beruhigen, aber das Mädchen hatte ihn wohl bemerkt und zischte mit tränenerstickter Stimme: „Verschwinde, sonst wirst du es bereuen."

Max sah keinen Grund mehr, sich weiter um sie zu bemühen. Sollte sie doch sehen, wie weit sie mit ihrer Undankbarkeit kam. Sicher, er hatte den Ball nicht bergen können, aber er hatte es doch redlich versucht, dachte er bei sich und trottete, nass wie er war davon. Sobald er einen sicheren Abstand zwischen sich und die Unglückliche gebracht hatte, setzte er sich auf einer sonnigen Wiese zum Trocknen. Es war schon seltsam, dieses Kanogri. Es konnte beinahe alles, aber selbst trocknend war es nicht.

Max hing seinen Gedanken nach. Dass Prinzessinnen so kratzbürstig waren! Bisher hatte er mit ihnen nur schlechte Erfahrungen gemacht.

Er hatte einfach kein Glück mit den Frauen. Abgesehen von Aliena, für die er ja all das hier unternahm.

Aber wusste sie das zu schätzen?

Nutzte sie ihn nicht auch nur aus, um zu bekommen, was sie wollte?

Und was wollte sie überhaupt?

Max kam aus dem Grübeln nicht mehr heraus, aber er wünschte sich nichts sehnlicher, als wieder mit Aliena am Kamin zu sitzen und ihre zarten Hände zu streicheln. Er würde ihr seine Liebe gestehen, dessen war er sich sicher, einen Moment lang.

Was würde er tun, wenn sie ihn ablehnte?

Ohne sie konnte er nicht weiterleben, das wusste er genau.

Aber konnte man eine Frau für den eigenen Tod verantwortlich machen?

Er grübelte und versank in eine tiefe Depression, aus der er erst erwachte, als er eine sonore Stimme aus dem Teich hörte: „'olde Prinzessin, grämt euch nischt, isch bringe eusch euren Ball."

„Ja, hol ihn heraus, bitte, bitte." erwiderte die Prinzessin mit aufgeregt zitternder Stimme.

„Isch 'abe eine Bedingung. Ihr müsch misch mit auf euer Schloss nehmen und misch als eueren Gefährten nehmen."

Max kroch näher heran, er war mittlerweile trocken und wollte sehen, wer es wagte, die Herausforderung anzunehmen, an der er so kläglich gescheitert war. Das musste ein ganz besonderer Held sein. Vielleicht Kapitän Nemo? Nein, der hatte hier unter all den Märchenfiguren sicher nichts zu suchen. Max streckte vorsichtig seinen runden Kopf aus dem Dickicht, in dem er sich verborgen hielt. Die Neugierde siegte über seine angeborene Höflichkeit und Zurückhaltung. Er schlug sich auf den Mund, denn sonst hätte sein Überraschungslaut ihn sicher verraten. Der, der da mit der Prinzessin sprach, das war kein Held, jedenfalls sah er oder es nicht wie einer aus. Ein Frosch saß am Brunnenrand und machte der Prinzessin schöne Augen.

Eigentlich hätte Max darauf gefasst sein müssen, nach all seinen Erlebnissen im Märchenreich, aber er war immer wieder erstaunt, auf was für Wesen und Ereignisse er hier traf.

Nach kurzer Zeit sah er ein, dass der Frosch höchstwahrscheinlich sowieso besser zum Tauchen geeignet war als ein Junge oder jeder andere Mensch.

Der Frosch machte ein paar Kniebeugen und einige Liegestütze, um warm zu werden, dann sprang er elegant, wie es nur Frösche können in den Brunnenteich, nicht ohne dass die Prinzessin wiederholt darauf hingewiesen hatte, der Ball würde Rost ansetzen, wenn er nicht bald wieder ins Trockene kam. Der Frosch und Max wussten natürlich, dass Gold nicht rostet, aber wie sollte man das einer hysterischen jungen Frau erklären, Prinzessin oder nicht?

Max ging das Ganze ohnehin nichts mehr an. Hatte ihm die junge Frau nicht deutlich zu verstehen gegeben, dass er nicht mehr erwünscht war? Just in diesem Augenblick tauchte der Frosch wieder auf. Er war überhaupt nicht außer Atem und er hatte das goldene Kleinod dabei. Die Prinzessin war außer sich vor Freude und konnte es kaum erwarten, ihren Schatz wieder in die Hände zu nehmen. Der Frosch aber war misstrauisch, was ihr Versprechen anging: „Ihr bekommt den Ball erst, wenn ihr wirklich 'och und 'eilig versprecht, dass ihr misch mit in euer Schloss nehmt und isch neben eurem Teller sitzen darf und in eurem Bettschen schlafen. Verschprecht ihr dasch?"

Die Prinzessin war so begierig, dass sie die eventuellen Folgen überhaupt nicht bedachte. Sorglos antwortete sie dem Frosch und gelobte hoch und heilig, dass sie ihn mitnähme. Der Frosch gab ihr den Ball. Sie nahm ihn gierig in Empfang, bedankte sich auch mit knappen Worten, als aber der Frosch auf sie zu gekrochen kam, vergaß sie ihr Versprechen ob des grünen, schleimigen Quäkers. Sie schleuderte ihn zurück in den Teich, wo er über die Oberfläche schlitterte und auf der anderen Seite versank. Nicht, dass er nicht hätte schwimmen können. Natürlich konnte er das, aber diese schroffe Absage, kam zu überraschend. Außerdem: Etwas Schauspielerei liegt Fröschen einfach im Blut.

Max war entsetzt: Wie konnte sie das tun? Immerhin hatte sie hoch und heilig versprochen, ihn mit zunehmen. Der Frosch hatte seinen Teil der Abmachung eingehalten, also musste sie ihren auch erfüllen. Max beschloss, dem Frosch zu seinem Recht zu verhelfen, wenn der ihn ließ.

Er ging zurück an den Brunnen. Die Prinzessin war, gleich nachdem sie den Frosch von sich geworfen hatte, fröhlich singend durch den Park gehüpft. Wahrscheinlich war sie auf dem Weg in ihr Schloss. Max stellte sich an den Rand des Gewässers und rief: "Frosch, komm raus, ich will dir helfen!"

Beinahe sofort kam der Frosch, oder sagen wir besser: es kam ein Frosch. Denn gleich darauf tauchten überall im Teich weitere auf und alle waren gleich grün, glitschig und kalt. Welcher war nun der von der Prinzessin Betrogene? Max konnte ja nachfragen.

Aber alle Frösche - mittlerweile an die fünfzig - schrieen gleichzeitig „Uuaack, uuack".

Das brachte also nicht das erwünschte Ergebnis. Max überlegte. Er konnte schlecht alle fünfzig zum Palast bringen. Er musste sich eine eindeutige, einfache Methode ausdenken, um den richtigen Kandidaten herauszufinden.

Nun stellt sich die Frage, warum Max so großes Interesse hatte, dem von der Prinzessin hintergangenen Tier zu seinem Recht zu verhelfen.

Ganz einfach: Der Junge hatte großes Mitleid mit dem armen Frosch und er wollte sich rächen für die ihm selbst entgegengebrachte Undankbarkeit. Er hätte ihr den Frosch sogar unter die Bettdecke gesteckt, nur damit sie von ihrem hohen Ross herunterkäme.

Max hatte selten jemand so Selbstsüchtigen gesehen, obwohl in seiner Schulklasse einige Mädchen nahe daran reichten. Nach einigem Nachdenken kam Max die Idee: Er wollte eine Frosch-Olympiade veranstalten. Der Gewinner würde mit einiger Sicherheit derjenige sein, der in den tiefen Brunnen hinabgetaucht war. Max war sicher, dass es selbst für Frösche eine unerhörte Leistung war, in solche Tiefen hinab zu tauchen.

Er versuchte sich Ruhe und Gehör zu verschaffen, was nicht so einfach war, denn jeder der Frösche wünschte verständlicherweise, in einem weichen Bett zu nächtigen und an der Tafel des Königs zu speisen. Max hatte als erste Aufgabe Fußballspielen ausgewählt.

Er teilte fünf Mannschaften ein, die jeder gegen jeden spielen sollten. Es würde also - Max rechnete kurz nach - zehn Spiele geben. Damit die Auswahl nicht zu lange dauerte, begrenzte er die Spielzeit auf jeweils fünf Minuten.

Die Frösche quittierten diesen Vorschlag mit einem eifrigen „Uuack, uuack".

Also wurde es so gemacht, Max war der Schiedsrichter. Wenn er vom Sport in der Schule etwas mitbekommen hatte, waren das die Regeln gewesen.

Er legte den Ball in die Mitte des imaginären Spielfeldes, das von der Ecke der Buchsbaumhecke über den Brunnenrand zum Musikpavillon reichen sollte. Als Ball musste eine große Kastanie herhalten, freilich ohne ihre stachelige Hülle.

Nach dem einigermaßen verunglückten Anpfiff begannen die Mannschaften zu jubeln, die auf dem Platz und auch die Zuschauer, aber sonst tat sich nichts. Die gegnerischen Mannschaften sahen sich gegenseitig an, die eine Mannschaft war zur besseren Unterscheidung mit Seetang geschmückt, den sie sich um den Hals gebunden hatten. Aber offenbar wussten sie mit dem Kastanienball nichts anzufangen. Sie betrachteten ihn skeptisch, aber als nichts geschah wandten sie fragende Blicke zu Max, der sich einerseits freute, dass es außer ihm noch andere Lebewesen gab, die nichts mit Fußball anfangen konnten. Andererseits war es natürlich momentan eher lästig. Wenn er erst alle Regeln erklären musste, konnte die Angelegenheit noch Stunden dauern. Er würde sich auf das Wesentliche beschränken müssen.

„Hört mal her, Frösche. Wir spielen jetzt Fußball. Das geht ganz einfach: Die mit dem Tang müssen versuchen, die Kastanie ins Tor von denen ohne Tang zu bringen und die ohne Tang die Kastanie ins Tor von denen mit Tang. Klar?"

„Uuack, uuack," kam als Antwort.

„Ihr dürft den Ball nur mit den Füßen spielen, auf keinen Fall mit den Händen."

„Uuack, uuack"

„Nur der Torhüter darf den Ball mit den Händen festhalten."

„Uack, uuack."

„Der Torhüter ist der lange, hellgrüne bei den Tangleuten und der dunkle schmale bei denen ohne Schmuck."

„Uuack, uuack."

„Auf mein Zeichen geht es los, und bitte: keine Fouls!"

„Uuack, uuack?"

„Was ein Foul ist? Wenn einer von euch einen Gegner schubst oder ihm ein Bein stellt. Also los geht's!"

„Uuuaack!" ein markerschütternder Schrei drang aus den Kehlen von Dutzenden von Fröschen. Max fühlte sich beinahe an die Fußballübertragungen im Fernsehen erinnert. Es war ein Chaos aus Froschbeinen und Körpern und mittendrin eine ahnungslose Kastanie, die ihren Lebtag wohl noch nicht soviel umher geschubst und gestoßen worden war.

Der Eifer der Frösche wurde nur übertroffen durch ihr Unvermögen, gleichzeitig vorwärts zu kommen und die Kastanie zu bewegen. Die einzigen die ihre Sache recht gut machten, waren die Torhüter. In der ersten Begegnung jedenfalls fiel kein einziges Tor. Allerdings kann man sich durchaus darüber streiten, ob das wirklich die Leistung der Torfrösche war, da ja eine Ballbewegung praktisch nicht stattfand.

Das zweite Spiel lief nicht viel anders. Kein Tor, keine Fouls.

Im dritten Spiel gab es eine kleine Rangelei und Max stellte vier Spieler vom Platz, die sich mit ihren langen Beinen ineinander verhakt hatten. Sie beteuerten zwar mit lautem Uuack ihre Unschuld, aber die offensichtlichen Beweise sprachen gegen sie.

Die letzte Mannschaft, die antrat war keinen Deut besser als die anderen vier, bis auf die Tatsache, dass sie einen Mitspieler hatten, der sich scheinbar schon früher mit dem Ballsport beschäftigt hatte.

Er spielte nämlich gar nicht so schlecht, konnte einige Tricks und versenkte mit einem Fallrückzieher die Kastanie im gegnerischen Tor. Max pfiff das Spiel ab. Ob der Fußballer sein gesuchter Frosch war? Es konnte Zufall sein, aber ein zweiter Test konnte vielleicht Klarheit bringen.

Max beschloss noch einen Sängerwettstreit zu veranstalten. Wenn er sich nicht verhört hatte, hatte der „Kugelretter" von vorhin mit der Prinzessin in Menschensprache kommuniziert.

Die Frösche insgesamt hatten aber immer nur mit „Uuack" geantwortet.

Kaum hatte Max den neuen Wettkampf und seine Regeln verkündet, begann ein ungeheures Gequake und Uuacke. Scheinbar versuchten die Frösche alle durch Lautstärke zu imponieren. Das hatte Max bezweckt. Einen nach dem anderen schickte er weg, bis nur noch sehr wenige Grünhäute übrig waren und er einen strahlenden Tenor in Menschensprache singen hörte. Das war sein Mann! Äh, das war natürlich sein Frosch.

Vielleicht hätte Max das auch einfacher herausfinden können? Aber diese zwei Tests waren ihm unvermittelt eingefallen, und sie hatten zu einem respektablen Ergebnis geführt: „Chamisso", stellte sich der Frosch vor, nachdem die anderen maulend und quakend abgezogen waren. Ein schöner Name, fand Max.

„Natürlich, ischt ja ausch Französisch", bestätigte Chamisso das Empfinden von Max. Er bildete sich ein, überhaupt nicht eingebildet zu sein, oder höchstens ein wenig. Na gut, um ehrlich zu sein, er war sehr eingebildet, aber irgendwie trotzdem liebenswert. Max vermutete, dass sie beide gute Freunde werden könnten. Diese Vermutung teilte der Frosch.

Nicht, dass er eine große Wahl gehabt hätte. Sein Wohlergehen lag völlig in den Händen von Maximilian. Hätte der gewollt, er hätte den kleinen Franzosen leicht zerdrücken können. Aber Max lag solches Handeln fern.

Er war in seinem bisherigen Leben selbst zu oft zerquetscht worden, im übertragenen Sinn jedenfalls. Außerdem hatte er ein durch und durch gutes Herz, das zwar schon viel hatte mitmachen müssen, aber noch war es nicht gebrochen.

„Chamisso, wie zahlen wir es diesem undankbaren Weibstück heim? Ich helfe dir zu deinem Recht", begann Max.

„Aber wieso?" fragte der Grünrock erstaunt zurück, „was 'abe isch für disch getan?"

„Nichts. Aber diese Schnepfe von einer Prinzessin hat auch mich versetzt!"

„Oh oui, isch sah disch beim Tauschen. Aber schehr weit bischt du nischt gekommen, oder?"

„Nein, ich, ich bin zu dick und Fett schwimmt bekanntlich oben."
Nun war es heraus. Seltsam, dass Max mit dem völlig fremden Tier über sein großes Problem reden konnte, und das auch noch ohne, wie sonst, knallrot anzulaufen.

„Mmh schieh misch an: Kein Gramm Fett zuviel. Isch bin der schönste Frosch im ganschen Brunnen. Und vergisch nischt: Isch bin der einzige, der Fuschball spielen kann und isch bin der mit dem schmelzenden Tenor."

Chamisso meinte das nicht böse, aber er sprach eben gerne von sich und über sich. Max merkte das, und versuchte, ihn wieder auf den Teppich zu holen: „Meinst du nicht schmalziger Tenor? Und was verstehst du unter Fußballspielen? Ich kann's ja auch nicht, aber besser als du alle Mal."

„Oh entschuldige Max, isch 'abe misch 'inreischen laschen. Isch weisch schon, isch schollte nischt immer scho eingebildet schein. Desch'alb war isch ausch in Therapie, bevor misch diesche olle Hexe in einen Frosch verwandelt 'at."

„Dacht ich mir's doch. Das erklärt so einiges."

„Dasch isch scho eingebildet bin?"

"Nein, dass du Fußball spielen kannst und wirklich gut singen."
Max wurde richtig neugierig auf Chamissos Geschichte: „Erzähl mal. Warum hat dich die Hexe verzaubert? Was warst du vorher?"

„Immer schön langscham. Das schind ja schwei Fragen auf einmal. Das geht nun wirklisch nischt. Frösche 'aben kleinere Ge'irne als Menschen, desch'alb kann isch nischt scho schnell denken wie du."

Max hatte ja bereits Mitleid mit Chamisso gehabt, aber seine geistigen Fähigkeiten so eingeschränkt zu sehen, ging ihm doch sehr an die Nieren. Chamisso bemerkte Max' Unwohlsein und wusste, dass seine Offenbarung die Ursache dafür war.

„Hey, Max, nimm'sch nischt so schwer, isch 'abe misch schon daran gewöhnt. Schließlich sitze isch nischt erscht scheit geschtern im Teisch."

Max war durch diese Aussage wenig beruhigt. Fassungslos stammelte er: „Wie lange?"

„Isch weisch es nischt. Die Scheitrechnung ischt als eine der erschten Leischtungen meinesch Denkapparatesch verschwunden. Und nebenbei: Wer brauscht dasch schon?"

„Ich finde es schon gut, wenn man einen Überblick hat, wie die Zeit vergeht. Ich zum Beispiel bin bereits seit vier Wochen im Märchenland. Nein, zwei Tage. Fünf Jahre? Hilfe, ich habe keine Ahnung, wie lange ich schon hier bin. Ich muss doch wieder nach Hause."

„Wie nach 'ausche? Wasch ist dasch? Kann man dasch eschen?"

„Nein, natürlich nicht. Zuhause ist da, wo man wohnt."

„Also ist der Brunnen mein Zu'ausche."

„Eigentlich schon, aber du kommst doch bestimmt woanders her. Du hast meine Frage von vorhin noch nicht beantwortet: Was warst du, bevor dich die Hexe verzaubert hat?"

„Isch weisch esch nischt, wirklisch."

„Aber du musst dich doch an irgendetwas aus deinem früheren Leben erinnern."

„Nein, leider nischt. Erschähl du mir mal, woran du disch nosch erinnerscht, vielleicht 'ilft mir dasch ja auf die Schprünge."

„Ich werde es versuchen, aber mir ist es momentan ganz leer im Kopf."

„Esch liegt beschtimmt am Wascher des Brunnensch. Dasch mascht, dasch man vergischt, wasch vor'er war."

"Woher weißt du das?"

„Ischt nur eine Vermutung von mir, aber vielleischt wuschte isch esch ausch einmal. Frü'er, als isch ein Junge war."

Max war überrascht.

„Du warst ein Junge? Das ist doch etwas, worauf wir aufbauen können. Wie war dein Name?"

„Chamisso, immer nur Chamisso, und isch wünsche mir keinen anderen. Nur isch will kein Frosch mehr schein. Dasch ischt mein einziger Wunsch."

Chamisso blickte Max treuherzig an. Erfahrungsgemäß sieht ein treuherziger Frosch immer ziemlich merkwürdig aus, aber Max verstand, was er meinte. Der Junge hatte keine Ahnung, wie Chamisso zu helfen wäre, trotzdem wollte er sein Möglichstes tun: „Dabei kann ich dir wahrscheinlich nicht viel helfen, aber ich kann dich zu dieser blöden Prinzessin bringen, damit sie ihr Versprechen einhält."

„Welchesch Verschprechen? Isch weis nischt von einem Verschprechen."

Max rollte genervt mit den Augen: „Du weißt es nicht mehr? Du bist in den Brunnen getaucht und hast ihre Goldene Kugel heraufgeholt. Sie hat dir versprochen, dass du dann bei ihr im Palast wohnen darfst."

„Wenn du dasch schagst, mir ischt auch fascht scho, alsch wäre da wasch gewaschen."

„Natürlich war da was", langsam regte Max der gedächtnisschwache Frosch etwas auf.

„Du bist von einer ollen Hexe in einen Frosch verzaubert worden. Du warst früher ein Junge."

„Ein Junge?"

„Ja."

„Die Hexe war gar nischt alt, schie war jung und schehr hübsch."

„Was erzählst du mir dann? Na ja, ist ja auch egal. Jedenfalls ist die Prinzessin die einzige Möglichkeit, wie du wieder zum Jungen werden kannst."

„Glaubst du?"

„Ich sehe keinen anderen Weg."

"Wiescho, da ischt dosch ein Weg."

"Richtig, und dieser Weg führt zum Schloss der Prinzessin. Da müssen wir hin." Max schnappte sich den glitschigen Chamisso und beförderte ihn in eine seiner Taschen.

In seinem Kanogrianzug konnte Max an jeder beliebigen Stelle Taschen öffnen, das hatte er vor einiger Zeit durch Zufall entdeckt. Er musste nur an den gewünschten Stellen leicht ziehen, bis die passende Größe erreicht war. Für Frösche war das das ideale Beförderungsmittel. Max fand den Gedanken zuerst eklig, aber dann gewöhnte er sich daran und ging schnellen Schrittes mit Chamisso in Richtung des Schlosses.

Der Park war groß und unübersichtlich, aber der Turm des Schlosses war hoch, so dass Max zumindest die grobe Richtung kannte. Die verschlungenen Wege und Wasserläufe zwangen die beiden mehr als einmal, wieder ein Stück zurück zu gehen.

Als sie endlich an der Pforte des Palastes standen, lies man Max nicht hinein:

"Hanswürste haben wir schon genug. Hast du wenigstens ein Empfehlungsschreiben?"

Als Max letzteres verneinen musste, packten ihn die beiden Wachen und schleuderten ihn zurück in den Park. Max landete erneut im Wasser, diesmal war es ein kleiner Seerosenteich.

Chamisso dagegen hatte die Unterredung genutzt und war aus der Tasche geklettert. Er war auf dem Weg durch den Palast.

Max grinste zufrieden vor sich hin. Wenn schon nicht er Prinz wurde, so hatte zumindest sein Froschfreund die Chance dazu.

Was Chamisso im Palast erlebte, lassen wir uns am Besten von ihm selbst erzählen, falls er jemals wieder zurückkommt.

Max verkroch sich tiefer in den Schlosspark, er fand eine gemütliche Laube, in der ein Picknickkorb stand mit allerlei Delikatessen. Da gab es Brezeln, mit Käse belegte Häppchen, verschiedene Stücke Obst und eine Flasche Wein mit passenden Gläsern. Max hatte noch nie zuvor Wein getrunken, aber jetzt beschloss er, zumindest zu nippen. Die Flasche war schon entkorkt. Der Wein schmeckte Max gar nicht schlecht, deshalb füllte er sich noch ein Glas und noch eines. Als die Flasche leer war, fühlte er sich gut und zu allem bereit.

Durch den ungewohnten und übermäßigen Weinkonsum ermüdet, schlief Max lange in den folgenden Tag hinein.

Gegen Mittag erwachte er mit dröhnenden Kopfschmerzen.
"Ich sollte noch mal zum Palast und nach Chamisso sehen. Wenn ich ihn wieder treffe, hat er bestimmt eine Menge zu erzählen", überlegte er. Sein Schädel brummte, aber er war erstaunlich klar im Kopf. Zumindest dachte er das. An den Vorabend erinnerte er sich kaum noch, ein Alptraum mit unzähligen Fröschen, die ihn überrannten hing ihm allerdings noch etwas im Unterbewusstsein nach. Als er sich umsah war allerdings weit und breit keinen Frosch zu sehen, deswegen schob er die Erinnerung daran hastig beiseite.
Stöhnend erhob sich Max und trottete in Richtung des Schlossturms. Gestern war ihm der Weg nicht so lange vorgekommen, aber da hatte er auch keinen Kater gehabt.
Bekanntlich macht Bewegung an frischer Luft munter und vertreibt schlechte Laune genauso wie Kopfsausen und Magengrummeln.
Max war einigermaßen klar im Kopf, als er bei der Schlosswache vorstellig wurde: „Entschuldigen sie bitte, ich habe bei meinem letzten Besuch etwas verloren, kann ich bitte kurz danach suchen?"
Die Wachen waren kaum freundlicher als am Vortag und schickten Max unverrichteter Dinge barsch wieder fort. Max ließ sich aber nur kurz vor ihnen einschüchtern. Dann rannte er ums Schloss herum und rief laut nach Chamisso. Ob der ihn hörte?
Anscheinend tat er das, denn kurz darauf erschien er am Tor. Nicht Chamisso, der Frosch, sondern ein stattlicher junger Mann, wenige Jahre älter als Max, mit einem zarten Flaum um die Kinnpartie.
"Wer ruft misch? Mein Name ischt Prinsch Chamisso."
Es war dieselbe Stimme! Max eilte auf ihn zu und wollte ihn umarmen. Chamisso wich zurück und die Wachen stellten sich zwischen die Beiden.
"Wo'er kommscht du, wiescho nennscht du misch nischt mit meinem offiziellen Titel?"
"Chamisso, wir beide sind doch Freunde. Weißt du noch, gestern am Brunnen?"
"Welscher Brunnen?"
"Na, der Brunnen, aus dem du den goldenen Ball der Prinzessin geholt hast."

"Isch 'abe ausch einem Brunnen einen goldenen Ball ge'olt? Isch glaube, du träumscht. Für scholsche Aufgaben 'abe isch Diener."
"Aber gestern warst du noch ein Frosch. Wie ich sehe, bist du jetzt wieder normal."
"Nun ischt esch aber genug. Verschwinde von meinem 'of, schonst lasche isch disch in den Kerker werfen. Oh, mein Schädel!"
Chamisso rieb sich den betreffenden Körperteil. "Isch fühle misch, als 'ätte misch jemand gegen die Wand geworfen."
"Das tut mir Leid. Hast du gestern Abend auch zu viel Wein getrunken."
"Jetscht reischt esch aber mit deinen Unverschämt'eiten. Waschen, ver'aftet dieschen freschen Kerl! In den Kerker mit ihm bei Wascher und Brot!"
Die Wachen ließen sich das nicht zweimal sagen, schnappten den überraschten Max und schleiften ihn in die tiefsten Tiefen des Palastes, wo sie ihn mit Hand- und Fußeisen an die Wand schmiedeten. Diese Behandlung fand Max nicht besonders angemessen. Dass man sich so in Fröschen täuschen konnte, hätte er nie gedacht.
Aber vielleicht hatte Chamisso nur Probleme, mit seiner wieder gewonnenen Identität als Mensch zurechtzukommen. Vielleicht klärte sich ja alles auf, wenn er wieder bei vollem Bewusstsein war. Max hatte vorhin den Eindruck gehabt, dass Chamisso nicht ganz bei sich war. Vielleicht war die Vergrößerung des Froschgehirns auf Menschengröße ebenfalls mit einer gewissen Beeinträchtigung der Denkleistung und des Erinnerungsvermögens verbunden. Max hoffte, dass dies nicht zu lange anhielt, denn seine Lage in dem feuchten Verließ war nicht sonderlich angenehm und er musste dringend aufs Klo.
Er rief nach den Wachen, aber die machten sich nur lustig über ihn. Max konnte seinen Harndrang nicht mehr aufhalten und ließ die warme Flüssigkeit in seine Hose rinnen. Es war ihm schrecklich peinlich, aber es war zum Glück keiner da, der sein Missgeschick beobachten konnte.

Max ergab sich in sein Schicksal und versuchte eine halbwegs bequeme Position einzunehmen. Er nickte kurz ein, aber da er an den Händen und Füßen aufgehängt war, konnte er keine rechte Ruhe finden. Sobald er versuchte zu entspannen, wurde sein Körper in eine unbequeme Haltung gezogen. Die einzige Möglichkeit für Max war, wach zu bleiben und sich gerade zu halten soweit es seine schwindenden Kräfte zuließen.

~~~

Unterdessen im Labor waren die Seltsamen Gestalten in heller Aufregung. Sie hatten sich die Erfüllung der Mission einfacher vorgestellt. "Was jetzt?" fragte der Dünne "Wie soll VP1 jemals unseren Kollegen retten. Er kann sich ja nicht einmal selbst retten!" "Nur Geduld, ich arbeite daran", der Große arbeitete daran, der Dünne hatte allerdings sofort wieder einen Einwand: "Zu dumm, dass Aliena ihm den Auftrag nicht gleich gesagt hat." Der Dicke überlegte: "Nein, das war schon gut so. Er muss sich erst einmal an die Gegebenheiten gewöhnen." "Ein wenig Leid tut er mir schon. Soll ich ihn von den Ketten befreien", der Schöne war ehrlich besorgt. Der Dünne jedoch wollte davon nichts wissen: "Das Märchenland und der ganze Palast sind für unsereins gefährlich, wir werden hineingesaugt und kommen nie mehr zurück, wie der Komische." "Warum musste der nur unbedingt einsteigen", wollte der Hässliche wissen. Der Schöne mutmaßte: "Wahrscheinlich hat er sich in seine Schöpfung Aliena verliebt." "Wir können uns doch gar nicht verlieben." "Stimmt." Der Große schaltete sich wieder ein: "Wer weiß, vielleicht doch. Und dann forderte Aliena einen Liebesbeweis von ihm, wie ja auch von VP1. Der Komische hat sie so programmiert." Beim Dicken blieb wenig Bedauern: "Selber schuld. Wäre er wenigstens im Palast geblieben, dann hätte ich ihn noch herausprogrammieren können, aber so geht das nur von innen."

"Wir sind auf Gedeih und Verderb auf VP1 angewiesen", leichte Resignation klang aus den Worten des Hässlichen, der Schöne war dagegen hoffnungsvoll: "Meiner Meinung nach macht er bisher seine Sache recht gut. Wie lassen wir ihm den Auftrag zukommen?"
Der Lange bot einen Lösungsansatz: "Ich habe keine Ahnung, vielleicht ergibt sich eine günstige Gelegenheit, aber erst muss er aus dem Kerker heraus." Der Große war mit seiner Programmierarbeit eben fertig geworden: "Ich habe bereits alles in die Wege geleitet. In Kürze ist VP1 wieder frei."

~~~

Im Gefängnis vergeht die Zeit naturgemäß langsam, und so war es kein Wunder, dass Max nach einigen Tagen dachte, er käme nie mehr aus dem Verließ heraus. Schlimmer noch als die unkomfortable Unterbringung war für Max die Langeweile.
Er freute sich, wenn er die Wachen über die Gänge trampeln hörte, das Wettrinnen von Wassertropfen an der Wand wurde richtig spannend für ihn. Ohne jedes Zeitgefühl, schließlich war in seinem Verlies ewige Nacht. Einzig eine einsame schwach schimmernde Fackel beleuchtete die Zelle mangelhaft und produzierte unheimliche Schatten.
Bald suchten verwirrende Visionen Max heim. Immer wieder übermannte ihn der Schlaf kurz und immer wieder schreckte er aus einem neuen, noch grauslicheren Alptraum auf. In einem wachen Moment dachte er darüber nach, was wohl passieren würde, wenn er noch in fünf Jahren hier schmachten musste, wenn er gar komplett in Vergessenheit geriete.
"Zum Glück muss ich mich noch nicht rasieren!"
Diesen Gedanken fand er so erheiternd, dass er in schallendes Gelächter ausbrach, was allerdings nahezu ungehört blieb. Nur ein Wächter verschwendete einen kurzen Gedanken an Max und bemitleidete ihn heimlich: "Der arme Kerl, noch so jung und schon durchgedreht."

Max musste sich schnell wieder fassen, denn durch die Ketten war seine Atmung stark eingeschränkt.

"Pscht, sei leise, sonst weckst du noch die Kerkertrolle auf."

Max dachte, eine erneute Heimsuchung mit Schreckgestalten stünde ihm bevor. Als er aber entdeckte, dass eine große Maus zwischen seinen Füßen hin- und hertrippelte, war er erleichtert. Endlich Gesellschaft!

"Hallo, hier bin ich", piepste das kleine Wesen.

Max versuchte, die Maus genauer zu betrachten, aber die Ketten schränkten ihn doch sehr in seiner Beweglichkeit ein.

"Ich sehe dich, aber kannst du vielleicht etwas weiter in den Raum hineingehen, dass ich mich nicht so verkrümmen muss?"

Max freute sich sehr über die neue Bekanntschaft. Vielleicht konnte sie ihm ja Nachricht von außen bringen.

"Wie heißt du?"

"Heidelinde von Ratte ist mein Name, und deiner?"

"Maximilian Grubenberger."

"Warum haben sie dich eingesperrt?"

"Ich weiß es nicht. Ich glaube, ich habe den Prinzen beleidigt. Ist das so schlimm? Ich wollte es ja nicht. Werde ich jemals wieder aus diesem Loch herauskommen?"

Heidelinde überlegte: "Vielleicht ... Ich müsste mal ein wenig meine Beziehungen spielen lassen. Möglicherweise lässt sich da was bewegen. Aber versprechen kann ich dir nichts. Du hast übrigens Glück, dass ich dich so nett finde. Normalerweise werden Kettensträflinge von mir und meiner ganzen Familie angeknabbert. Aber ich werde dafür sorgen, dass dich keiner anrührt."

"Da bin ich aber erleichtert, vielen Dank. Es wird dein Schaden nicht sein."

Max war wirklich erleichtert, auch wenn er bisher nie etwas davon gehört hatte, dass Ratten Menschen fraßen. Heidelinde machte sich davon und Max blieb allein zurück, etwas hoffnungsvoller als vor wenigen Augenblicken. Stunde um Stunde verstrich und Heidelinde kam nicht zurück.

Hatte sie ihn reingelegt?

War sie machtlos, wie man das von Tieren dieser Größe erwarten konnte?

Aber sie konnte sprechen.

War sie etwa eine verzauberte Prinzessin?

Wieso konnte sie Max verstehen und mit ihm sprechen?

Auf all diese Fragen würde Max keine Antwort erhalten, wenn sie nicht wiederkam. Aber sie kam wieder! Nicht nur sie, ihre ganze Sippe. Und sie stürzten sich auf Max, dieser protestierte nur kurz, denn er merkte, dass sie ihm nichts Böses wollten.

Sie nagten seine Ketten durch. Max beobachtete die Ratten im Fackelschein, ihre Nagezähne schienen wie gemacht für das, was sie gerade taten. Während die Mehrheit der Ratten nagte, unterhielt sich Max mit Heidelinde.

In dem Gespräch erfuhr er einiges über das Leben der Ratten im Kerker, dass Heidelindes Mann von einem jähzornigen Küchenjungen erschlagen worden war, als er für die Familie Nahrung aus der Küche besorgen wollte, dass es im Kerker 84 Ratten gab, die alle Kinder oder Enkel von Heidelinde waren und woher Heidelinde so verständlich sprechen konnte.

"Volkshochschule, ich habe dort drei Jahre lang den Deutschkurs besucht. Ich glaube, ich darf nicht ohne Stolz sagen, mit einigem Erfolg, oder?"

Heidelinde wirkte stolz und bescheiden, resolut und verwundbar zugleich.

"Dein Deutsch ist wunderbar. Manche Deutsche bei mir in der Schule haben keine so geschliffene Aussprache."

Er nahm seinen soeben frei genagten rechten Arm herunter und rieb ihn an seinem Kinn, um wieder Leben hinein zu massieren.

"Wie viele Tage sitze ich eigentlich schon im Verlies? Ich habe jegliches Zeitgefühl verloren."

Heidelinde hüstelte spöttisch: "Tage? Gerade mal zwei Stunden bist du hier. So sind sie eben die Menschen. Keine Geduld", sie schüttelte ihren Kopf.

"Aber ich bin doch noch ein Kind", versuchte Max sich zu verteidigen.

"Na und? Kind oder nicht. Meine Kinder sind tapfer und geduldig, wenn es darauf ankommt. Aber lass es gut sein. Immerhin bist du jetzt nicht mehr angeschmiedet. Mein Clan hat ganze Arbeit geleistet. Bitte sehr!"

Max schüttelte seine Arme und Beine aus, genüsslich rieb er sich die Knöchel, wo er angekettet gewesen war.

"Vielen Dank, vielen Dank. Aber wie komme ich jetzt aus dem Kerker?"

"Immer mit der Ruhe, kommt Zeit kommt Rat. Uns oder mir wird schon was einfallen."

"Man müsste, man müsste den Prinzen um Gnade anflehen."

"Gute Idee. Aber wie?" stimmte Heidelinde zu.

"Kannst du mir einen Zettel und einen Stift besorgen, dann schreibe ich ein Gnadengesuch an ihn. Einer oder eine von euch könnte es ihm dann bringen. Vielleicht erinnert er sich wieder an mich."

Gesagt getan. Heidelinde schickte den Sohn ihrer Tochter Hadeloga nach Papier. Der kam auch schon nach Kurzem zurück und hielt einen Bogen bestes Büttenpapier zwischen den Pfoten, leider war es durch verschiedene Abwasserrohre gezogen worden und dadurch etwas verdreckt. Aber für Max' Zwecke sollte es genügen.

"Hallo Chamisso, mein Freund", schrieb er mit dem Stift, den ihm Heinrich, der Vetter von Hadeloga, ausgeliehen hatte, "ich bitte um Gnade, denn ich bin mir keiner Schuld bewusst. Bitte lasse mich aus deinem Kerker frei. Mit ergebenem Gruß, Dein Max Grubenberger."

Heidelinde schürzte verächtlich ihre Schnauze: "So ein Gekrakel habe ich schon lange nicht mehr gesehen. Du musst wissen: ich habe auch einen Kaligraphiekurs an der Volkshochschule belegt, da bekommt man einiges zu sehen. Hoffentlich kann der Prinz dein Geschmiere überhaupt lesen."

"Er wird es schon lesen können, oder wenigstens sein Hofschreiber."

Max war Heidelinde und ihrer Sippschaft immer noch sehr dankbar für seine Fast-Befreiung, aber etwas weniger besserwisserisch hätten sie schon sein können. Max faltete seinen Brief einmal und eine andere junge Ratte brachte ihn zum Prinzen. Ich habe vergessen, wie sie hieß, irgendetwas mit H, glaube ich.

Wieder begann das Warten. Diesmal dauerte es länger, aber da einige der Rattenkinder Zirkusvorführungen einstudiert hatten, bekam Max keine Langeweile. Erstaunlich, was Ratten alles können: Auf einem Seil balancieren, mit Knochen jonglieren, Pyramiden aus Ratten bauen, Saltos schlagen und noch vieles mehr.

Max stockte der Atem, als fünf Ratten in einer Schleuderbrettnummer gegen die Wand flogen. Glücklicherweise verletzten sie sich nicht ernsthaft.

Zum Ende der Vorstellung gab es noch eine Darbietung der Ballettratten, lauter niedlichen kleinen Rattenmädchen mit Röckchen und rosa Schleife im Haar. Sie verbeugten sich und knicksten artig.

Max applaudierte begeistert, wurde aber sogleich von der schweren Kerkertür abgelenkt. Der Riegel wurde zurückgeschoben und jemand trat ein. Wer, konnte er nicht sehen, da die Fackel nur sehr wenig Licht lieferte.

"Mitkommen", raunte eine Männerstimme eindringlich. Max wurde wieder unwohl in der Magengegend.

Die Ratten hatten sich beim ersten Geräusch an der Tür versteckt, nur eine kleine, vorwitzige Ur-Ur-Enkelin von Heidelinde spitze vorwitzig aus der Ecke hervor. Sie wollte Max offenbar begleiten, der sie auch gleich aufnahm und in eine seiner Taschen setzte.

Dann trat er hinter dem Jemand in den Gang und folgte ihm auf den Burghof. Dort wurde gerade ein Galgen errichtet. Max wusste nicht wie ihm geschah. So hätte er Chamisso nie eingeschätzt, dass der ihn gleich ohne Prozess hinrichten würde.

"Gnade, Gnade", winselte Max, "ich habe doch nichts getan."

"Ruhe", flüsterte sein Begleiter. "Wenn du schon sterben musst, dann tue es wenigstens in Würde."

Schlagartig kamen Max wieder all die Dinge in den Kopf, die er lieber ungeschehen gemacht hätte. Lügen, so mancher Diebstahl, wenn er seine Mutter verachtet, sich nicht genug in der Schule angestrengt hatte. Aber sollte all das wirklich mit dem Tode bestraft werden? Max hatte Angst vor dem Tod. Wer hätte das nicht.

Aber Max beschloss, sich zusammenzunehmen. Dieses Märchengelichter sollte sehen, was ein Mensch klaglos ertragen konnte. Mutig und gefasst trat er auf die Hinrichtungsstätte zu.

Als er jedoch die erste Stufe zum Galgen betrat, brach er in lautes Jammern aus: "Chamisso, Chamisso, Freund, rette mich. Ich habe dich zur Prinzessin gebracht, durch mich bist du wieder ein Mensch."

Max wurde eine weitere Stufe hinaufgeschubst, er konnte jetzt nur noch wimmern: "Chamisso, bedeutet dir unsere Freundschaft gar nichts mehr? Chamisso?"

Mittlerweile war er auf der Plattform angekommen. Der Henker verhüllte Max das Gesicht, so dass er jetzt nur noch erahnen konnte, was vorging. Er hatte sich in sein baldiges Ende ergeben, weinte nur noch still vor sich hin.

Einzig der Gedanke an seine Eltern aus der Zeit, als Vater noch da war und alles in Ordnung, lies ihn aufrecht stehen. Der Scharfrichter lies sich Zeit.

Nicht dass Max ungeduldig gewesen wäre, aber er fand das schon seltsam. Ihm war so, als würde sich der Schlossplatz langsam aber stetig mit einer Menschenmenge füllen, die leise tuschelte. Sicher, so einen Hanswurst wie ihn konnte man schon mal nur zur Volksbelustigung aufhängen.

Aber warum ausgerechnet ihn?

Warum?

Weiter kam Max nicht mit Überlegungen und Selbstmitleid.

Die Kapuze wurde ihm vom Kopf gerissen und er schaute in das strahlende Gesicht von Prinz Chamisso, dem ehemaligen Frosch.

"Überraschung! Max, du schölltest dein Gesicht se'en. Du 'ast dosch nischt im Ernst geglaubt, isch würde einfasch scho meinem beschten Freund die Luft abdre'en."

Max schnappte nach letzterer. Er fand die Angelegenheit nicht sonderlich komisch.

"Du hast vielleicht einen Knall! Ich hatte Todesangst. Und so was nennt sich Freund!"

"Komm, jetscht ischt ja allesch vorbei. Wie kann isch den mischglückten Scherz wieder gut machen?"

"Missglückt ist gut. Ich hatte gehofft, wir könnten Freunde sein, aber diese Art Humor liegt mir gar nicht. Tschüß, hoffentlich wirst du mit deiner Prinzessin glücklich."

"Asch Max, jetzt schei dosch nischt scho."

"Schei dosch nischt scho", äffte Max ihn nach, "das war's. Mein Bedarf nach deiner Aufmerksamkeit ist gedeckt."

"Kann isch dir wenigschtensch ein Pferd mitgeben? Oder Proviant?" Chamisso bettelte geradezu darum, seinen Ausrutscher auszugleichen.

Max aber war nicht bereit, sich auf eine erneute Freundschaft einzulassen.

"Max, als isch wieder bei Verstand war, bin isch schofort in den Kerker gestiegen und 'abe disch ge'olt. Isch war der 'enker mit der Kapusche. Du warst schu keiner Scheit in Gefahr."

Das konnte Max nur wenig trösten, aber er gab sich einen Ruck und vergab Chamisso: "Ist schon in Ordnung, Chamisso. Aber ich muss weiter, nach meinem Auftrag suchen. Wenn du mir nicht sagen kannst, wo ich ihn finde, kannst du mir nichts geben, was mir von Nutzen wäre."

"Entschuldige, isch weisch nischt, wovon du sprischt."

"Der Auftrag. Irgendwer muss mir doch weiterhelfen können."

"Tut mir Leid, isch weisch esch wirklisch nischt, aber isch kann dir eine Schauberflöte schenken, die findet den Weg schu allem, wasch du dir wünscht."

Max war von der Aussicht auf ein Zauber-Ortungsgerät recht angetan. Er bedankte sich bei Chamisso und versprach bald einmal wieder vorbeizukommen. Dann verabschiedete er sich.

Ein großer Diener mit einem ernsten Gesichtsausdruck eilte herbei und überreichte Max eine merkwürdig geformte Flöte. Sie war aus wertvollem Holz gearbeitet und mit rätselhaft verschlungenen Mustern in allen Farben des Regenbogens bemalt.

Max deutete eine kleine Verbeugung an, drehte sich schnell um, bevor er es sich anders überlegen konnte. Mit der kleinen Ratte in der Tasche schritt er von dannen. Chamisso blickte ihm noch lange nach.

Anders

Max war mit der kleinen Ratte Hedwig ein gutes Stück vorangekommen. Sie waren hauptsächlich über prächtig bunte Wiesen und fruchtbare Felder gezogen. Als sie mitten im Wald waren, probierte Max seine neue Flöte aus. Flöte hatte er noch nie gespielt, aber so schwer konnte es nicht sein. Er setzte also das Rohr an den Mund, holte tief Luft und spuckte hinein.

"Maaax, bist du von Sinnen, du machst das Instrument noch kaputt!" Hedwig war entrüstet, "in so ein kostbares Instrument kann man doch nicht so hineinspeien. Man muss zärtlich blasen."

Niemand lässt sich gerne einen Rüffel erteilen, schon gar nicht von einer Ratte, noch dazu einem Rattenkind. Auch bei Max traf diese Schelte nicht auf Gegenliebe.

"Spiel doch selbst, wenn du es besser kannst."

Das lies sich Hedwig nicht zweimal sagen, sie setzte die Flöte vorsichtig an ihre Schnauze und blies zärtlich hinein. Die Flöte war länger als sie selbst und darum konnte sie das Instrument nur schwer halten. Nichtsdestotrotz: Hedwig spielte wunderbar. Sagenhaft süß und magisch melodisch ertönte die Flöte. Sie zog Hedwig vorwärts, erst langsam, dann immer schneller. Max musste rennen, um hinterher zukommen.

An einer Metzgerei kam die Flöte abrupt zum Stehen. Hedwig flog gegen die Wand des Gebäudes, konnte sich aber einigermaßen abfangen. Max kam erst lange später angekeucht. Er grinste wissend, als er Hedwig in Verbindung mit den Fleischwaren sah.

"Was hast du dir nur gewünscht? Das war sicher nicht meinen verborgener Auftrag?"

"Nein, entschuldige bitte, aber mich überkam plötzlich so eine Lust auf Speck und Wurst, da konnte ich gar nicht mehr aufhören zu spielen. Willst du lernen, wie es geht?"

Max wollte, und Hedwig brachte ihm vorsichtig die Flötentöne bei. Sie benutzte dazu ein kurzes Stück Schilfrohr, denn bei der Energie der Flöte konnte man im Erfolgsfall ja nie wissen, wo man landete.

Max war es zufrieden und erwies sich als gelehriger und aufmerksamer Schüler, so dass er bald einen Versuch mit der Zauberflöte wagen konnte.

Er wünschte sich ebenfalls erst einmal etwas Leckeres zum Schmausen. Das Ziel der Wunschtour war gegenüber der Metzgerei ein Gasthaus. Die zurückgelegte Strecke war also nicht sonderlich weit.

Max setzte sich an einen Tisch. Neben ihm kauerte Hedwig. Der Wirt brachte alles, was sich die Beiden nur wünschen konnten.

Als es ans Bezahlen ging, bekam Max Muffensausen, er hatte ja kein Geld dabei. Er wusste nicht einmal, welche Währung in diesem Land galt. Aber der Wirt freute sich über den Gast, dem es so gut schmeckte. Mit der Flöte und seiner zahmen Ratte, war das eine sehr ungewöhnliche Kombination, wie er meinte.

Nachdem Max satt war, fragte er nach einer Schlafgelegenheit. Der Wirt bot ihm das Hochzeitszimmer an.

"Für dich und deine Freundin", fügte er schmunzelnd hinzu.

Max streckte sich auf dem weich federnden Bett aus und war schnell eingeschlafen, seine Flöte im einen Arm und Hedwig im anderen. Nach einer himmlischen Nachtruhe gab es allerdings ein böses Erwachen am nächsten Morgen: Die Flöte war weg!

Max und Hedwig durchsuchten das ganze Bett und das gesamte Zimmer, ohne Erfolg.

Schlagartig wurde ihnen beiden klar: Der Wirt war ein Lump und Betrüger und außerdem ein hundsgemeiner Dieb. Er hatte sie nur so freundlich und großzügig bedient, weil er scharf auf die Flöte war. In der Gaststube war der Hausherr natürlich nicht zu finden, auch nicht in der Küche.

Dass Max so dumm sein konnte und sich von dem gutmütig aussehenden Mann über den Tisch hatte ziehen lassen!

Aber was nützte alles Jammern und Klagen! Davon kam weder der Wirt noch die Flöte zurück. Hedwig und er beratschlagten ihr weiteres Vorgehen. Sie überlegten, im Dorf nach dem Verbleiben des Diebes zu forschen, allerdings hatte Max wenig Hoffnung auf Erfolg.

Wenn die Leute in dem kleinen Weiler so gestrickt waren, wie überall im Märchenland, würden sie den Wirt kaum beachtet haben. Die zwei Bestohlenen saßen in der Gaststube während sie überlegten.

Da polterte ein verschlafener junger Mann, anscheinend ein weiterer Gast, die Treppe herunter. Er rieb sich den Schlaf aus den Augen und gähnte mit weit geöffnetem Mund, seine Zahnlücken waren deutlich zu sehen.

Er sah sich um und entdeckte Max und Hedwig: "Warum sitzt ihr hier herum und blast Trübsal? Es wird bestimmt ein schöner Tag. Habt ihr schlecht geschlafen?"

"Schlecht geschlafen haben wir nicht, nur das Aufwachen war wenig angenehm."

"Wieso das?"

"Meine Zauberflöte ist nicht mehr aufzufinden, und ich brauche sie, um einen verborgenen Auftrag zu finden."

Der junge Mann war betroffen: "Das tut mir Leid. Wo ist eigentlich der Wirt? Ich könnte ein ganzes Wildschwein verdrücken. Wo ist mein Frühstück? Ich habe es gestern Abend schon bezahlt."

"Der Wirt ist auch weg", piepste Hedwig.

"Huch, eine sprechende Maus, wie niedlich. Der Wirt ist weg? Vielleicht hat der die Flöte gestohlen."

"Auf den Gedanken sind wir auch schon gekommen", bestätigte Hedwig mit ihrer piepsigen Stimme.

"Hoffentlich hat der Wirt meinen Goldesel im Stall stehen lassen."

Der Bursche eilte hinaus und war bald darauf mit einem Esel zurück, den er an einer kurzen festen Schnur in die Stube zog.

"Seht her: Das ist mein Goldesel." Max blickte skeptisch zu dem Grautier hinüber: "Sieht aus wie jeder Esel, den ich bisher gesehen habe."

"Warts ab!" Der junge Mann stellte den Esel umständlich auf eine Tischdecke und sagte "Nikabrick".

Der Esel hob seinen Schwanz und der Bursche blickte erwartungsvoll zum rückwärtigen Ausgang des Esels. Da kam tatsächlich etwas heraus.

Es füllte das ganze Zimmer mit Gestank. Der Esel lies einige Äpfel fallen. Max verstand nicht, was daran so besonders sein sollte.

"Diese Schwein von Wirt! Wenn ich den erwische. Der hat doch glatt meinen Goldesel gegen ein gewöhnliches Arbeitstier ausgetauscht."

"Was jetzt?"

"Keine Ahnung. Ich vermute, der Gauner ist schon über alle Berge mit meinem Esel und deiner Flöte. So ist das Leben, es hat einfach nicht sollen sein. Ich gehe wieder nach Hause zu meinem Vater."

Max hatte gehofft, einen neuen Weggefährten gewinnen zu können. Der junge Mann machte auf ihn einen sehr vertrauenswürdigen und tüchtigen Eindruck. Wahrscheinlich war er Handwerker, seine weit ausladenden Hände erweckten den Eindruck eines, der viel mit ihnen arbeitete.

"Ach bleib doch bei uns", bat Max.

"Ich kann leider nicht, ich habe meinem Vater versprochen, nach drei Jahren Lehre zurückzukehren."

"Dann lebe wohl und grüße deinen Vater von mir."

"Du kennst meinen Vater?"

"Nein, eigentlich nicht. Spar dir den Gruß. Tschüß"

Der junge Mann war schon mit seinem Esel aus der Türe, Max und Hedwig wollten auch nicht länger in der verstunkenen Gaststube bleiben. Sie holten aus der Küche noch etwas Proviant und verstauten ihn in Max' Anzug. Hedwig kriegte sich fast nicht mehr ein vor Lachen, Max sah einem Pflananelbaum zu ähnlich!

Er war genauso ausgebeult wie diese exotischen Obstbäume. Als Max sich in einem großen Spiegel sah, musste er selbst lachen. Heiter und beschwingt brachen sie auf. Hedwig musste laufen, sonst wäre Max unter der Last der Lebensmittel und seiner kleinen Freundin zusammengebrochen. Der Verlust der Flöte war schon fast vergessen. Sie fragten niemand in dem kleinen Dorf, es war auch niemand zu sehen.

Max fühlte sich an die Kulissenstadt in dem Filmpark erinnert, in dem er vor vielen Jahren mit seinem Vater war. Er unterhielt sich angeregt mit Hedwig, aber die kleine Ratte wurde immer stiller.

"Was ist mit dir?"

"Ich will nach Hause, meine Ur-Ur-Großmutter fehlt mir so."
"Dann geh doch, ich fände es schade, wieder alleine unterwegs zu sein, aber bevor du mir aus Heimweh eingehst…"
Hedwig sah ihn zugleich dankbar und fragend an: "Ich weiß den Weg nach Hause nicht mehr. Ich werde nie mehr meine Familie sehen", jammerte sie.
"Wenn wir die Flöte noch hätten, würde ich sie dir schenken. Du bläst darauf und bist sofort daheim."
"Das würdest du tun? Und dein Auftrag?"
"Den werde ich auch sonst irgendwie finden."
"Max, du bist ein wahrer Freund."
Sie gingen weiter eine Allee entlang, die kein Ende zu nehmen schien. Eichen wechselten sich ab mit Buchen, Linden, Pflananelbäumen und einer anderen Baumsorte, die Max bisher noch nicht kennen gelernt hatte.
Ihre Blätter waren in die Erde versenkt und ihre Wurzeln ragten in die Luft. Dieser Baum war enorm groß, sicher fünfzigmal so dick wie Max, der ja bekanntlich keine Bohnenstange war. Seine Höhe konnte Max nicht einschätzen, es waren sicher über zweihundert Meter. Dieses Gewächs wechselte chamäleongleich seine Farben und Muster und wuchs in einem atemberaubenden Tempo. Sobald der Baum das vorhin erwähnte riesige Ausmaß erreichte, fiel eine goldene Nuss von der Spitze herab und grub sich tief in die Erde.
Der Baum selbst zerfiel im selben Augenblick zu Asche. Die bildete dann den Nährboden für seine Ableger.
Die goldene Frucht war offensichtlich der Same des Gewächses, denn kurz nach ihrem Fall hob sich das Erdreich, wo sie eingetaucht war und kleine Wurzeln waren zu sehen. Wenig später waren die Wurzeln groß und in unerreichbare Höhen entrückt.
Max war von diesem Baum beeindruckt, aber auch Hedwig konnte ihm den Namen nicht sagen. Viel interessanter für sie beide war, dass unter einer dieser Pflanzen ein Röhrchen lag, verziert wie die gestohlene Flöte.
Es war das vermisste Instrument! Max reute das kürzlich gegebene Versprechen beinahe.

Als er jedoch das sehnsüchtige Gesicht von Hedwig sah, wollte er ihr gerne die Heimreise ermöglichen. Er nickte ihr zu, sie nahm die Flöte zwischen die Pfoten und sah ihn dankbar an: "Lebewohl, Max, vielen Dank."

Maximilian bekam feuchte Augen und winkte ihr zum Abschied.

Sie blies den ersten Ton und weg war sie.

"Lebewohl, Hedwig! Grüße deine Familie von mir, vor allem deine Ur-Ur-Großmutter!"

Er blickte ihr kurz nach und machte sich dann auf den Weg, immer der Nase nach oder der Allee, was dem gleichkam. Urplötzlich war die Straße zu Ende und Max stand in einem kleinen Wäldchen.

Dieses war anders, als alle Baumgruppen, die er zuvor gesehen hatte. Es war vor allem mit kleinen Bäumen bestanden und einer Unzahl von Holunderbüschen. Hunderte von kleinen Teichen und Quellen durchsetzten das Gehölz und der Boden war mit weichem, dichtem Moos bewachsen. Der ganze Wald war sehr still, kein Wind in den Weiden regte sich, die Luft war warm und ein wenig stickig, dabei süßlich. Man konnte beinahe so etwas wie Zauber spüren. Max kribbelte der ganze Körper, ohne dass er gewusst hätte, wieso.

"Wer aus mir trinkt wird ein Reh."

Max schaute sich erschrocken um. War da jemand? Wer sagte so etwas mitten im Wald? Vielleicht eine Saftpresse? Da nichts dergleichen zu sehen war, schrieb Max das Gehörte seiner Einbildung zu. Etwas zu Trinken könnte er schon gebrauchen. Glücklicherweise gab es hier einige Tümpelchen und Quellen. Er brauchte sich nur bedienen. Er ging auf die Knie und schöpfte aus dem nächstliegenden Wasserlauf eine Hand voll Wasser.

"Wer aus mir trinkt wird ein Holunderbusch", tönte eine Stimme aus dem Bach. Max ließ erschrocken das Wasser fallen. Ein sprechender Bach! Sachen gab's! Er hatte wenig Lust, sein weiteres Leben fest eingepflanzt als Beerenstrauch zu fristen, lieber suchte er sich eine andere Quelle. Es waren ja ausreichend Gewässer vorhanden.

Der nächste Tümpel allerdings verhieß: "Wer aus mir trinkt, wird ein Quagga." Max wusste nicht, was ein Quagga war, deshalb sah er auch hier von einem tiefen Schluck ab. Doch wohin er sich auch wandte, es gab keine Wasserstelle, die verhieß "Wer aus mir trinkt, hat keinen Durst mehr."

Stattdessen, um nur einige zu nennen: "Wer aus mir trinkt, wird ein Schnabeltier." "Wer aus mir trinkt wird ein Sekundenzwerg." "Wer aus mir trinkt, wird ein Mensch." Die vielen kleinen Weiher und Quellen versuchten sich im Anbieten von neuen Lebensformen zu überbieten.

Max war einem neuen Selbst gegenüber nicht abgeneigt, wollte aber verständlicherweise sichergehen, dass er wieder ein Mensch werden konnte, falls seine neue Gestalt zu Problemen führte.

Deshalb markierte er die Quelle, die die Menschwerdung verhieß, mit einigen Keksrümeln, die er in einer seiner Taschen gefunden hatte. Dann begab er sich wenige Schritte zur Seite, um einen tiefen Schluck aus dem Tümpel zu nehmen, der überirdische Schönheit verhieß, denn nach Schönheit hatte sich Max schon immer gesehnt. Außer dass er zu dick war, hatte er Pickel und ein leichtes Doppelkinn. Seine O-Beine waren in der Schule der zweit beliebteste Aufhänger für Frotzeleien gegen ihn. Was würden die anderen sagen, wenn er schöner wäre als Mr. Universum?

Die Mädchen würden ihn umschwärmen, die Jungs ihn beneiden. Sogar Friedrich musste dann anerkennen, dass Max ein Superstar war.

Noch einmal kurz zur Menschwerde-Quelle hinübergeblickt, damit er sie wieder finden würde und wirklich nichts schief gehen konnte. Dann nahm er einen tiefen Schluck aus dem Teich. Zuerst tat sich nichts, aber nach einem kurzen erwartungsvollen Moment spürte Max ein Kribbeln erst an den Zehen, dann an den Beinen, dem Bauch, den Armen und schließlich am Kopf.

Er konnte im Teich sein Spiegelbild beobachten und sah die Veränderung. Seine Beine wurden gerade und länger, seine Taille war schlank, sein Gesicht hatte beinahe weibliche Züge. Sein Brustumfang hatte deutlich zugenommen.

Aber Max musste erschrocken feststellen, dass sich da keine Muskelpakete befanden, nein, er war eine überirdisch schöne Frau geworden. Soviel zum Thema "beinahe weibliche Züge". Leider gab es bei Zauberquellen keine Packungsbeilage, wohl aber offensichtlich Kleingedrucktes. Seine Kleidung war offensichtlich auch für Frauen geeignet, denn sie passte sich den neuen Gegebenheiten perfekt an.

Max überlegte kurz, aber nur ganz kurz, ob er die Verwandlung akzeptieren sollte.

Der Gedanke an Aliena ließ ihn jedoch hinüber zur Menschenquelle staksen. Lange Beine sind für Leute, die kurze gewohnt sind, schwieriger zu handhaben als umgekehrt. Es war beinahe so, als würde Max auf Stelzen durch einen wurzelübersäten Wald laufen. Das war keine sehr angenehme Erfahrung. Zu allem Überfluss blieb er an einer der Wurzeln hängen und fiel kopfüber in ein anderes der zahllosen Gewässer.

Vor Schreck bekam er eine gute Portion in den Mund und schon begann die Verwandlung von neuem. Max hatte das deutliche Gefühl zu schrumpfen. Das wiederum kannte er schon vom Anfang seiner Abenteuer.

Genau wie damals war seine Kleidung nicht unendlich verkleinerbar, deshalb kroch er mühsam aus dem Kanogrianzug heraus, das Fehlen seiner Arme und Beine fiel ihm erst nicht auf, als er jedoch an den Teich zurückkehrte, der seine momentane Verwandlung verursacht hatte, erblickte er erschrocken sein Spiegelbild. Er war eine Nacktschnecke! Wie demütigend!

Max wollte so schnell wie möglich zur nächsten Quelle kriechen, ein hungriger Spatz jedoch machte seine Versuche vorzeitig zunichte.

Max konnte sich nur in eine Pfütze retten, von der er nicht wusste, was sie produzierte. Er sollte es bald herausfinden.

In rasantem Tempo wuchs er, er stieß an die Spitzen der Bäume und um zu Atem zu kommen, begann er zu hecheln. Aus seinem Mund kamen dabei dummerweise kleine Feuerflammen.

Sofort stand der ganze Wald in Flammen.

Max war es peinlich, dieses friedliche Fleckchen Erde so zu verschandeln. Andererseits: Was konnte er dafür, dass er in einen Drachenteich gefallen war. Sein Panzer war hart, er fühlte sich eingesperrt. Aus dieser Identität musste er schnellstmöglich wieder heraus. Dann doch lieber eine Schnecke! Aber zuerst wollte er sein Feuer löschen.

Er stolperte durch den Wald und versuchte mit seinen Schaufelhänden Wasser aus den Quellen auf die Flammenherde zu spritzen. Leider löschte er dadurch nicht nur das Feuer, sondern produzierte auch alle möglichen Wesen aus dem Moos. Plötzlich standen Einhörner, Holunderbüsche, Giftzwerge, Spiegelelfen und Schottergreise herum, die sich sofort in die Haare kriegten. Meerjungfrauen und einige Sehsterne aalten sich am Ufer einiger kleinerer Gewässer im jetzt frei zugänglichen Sonnenlicht.

Sie alle zeigten keine Angst vor dem Drachen Max. Vielleicht wussten sie noch nicht, was ein Drache war. Sie waren ja erst wenige Sekunden alt. Max hatte seine Eigenschaft als gefährlicher Brandstifter dermaßen geschockt, dass er nur noch aus seiner Drachenhaut raus wollte.

Aber wo war doch gleich der Tümpel zum Mensch werden? Wo waren die Kekskrümel. Max sah schnell ein, dass er in seiner aktuellen Größe so kleine Spuren nicht gut finden konnte. Er wollt gerne etwas kleineres sein, vielleicht ein Vogel oder eine Maus.

Das Wettbieten der Quellen hatte wieder zugenommen, nachdem ihnen während des Waldbrandes der Atem gestockt hatte. Max konnte kaum verstehen, was die einzelnen Anbieter versprachen. Aber um möglichst schnell wieder anders zu werden, ging er einfach zum nächsten Teich und nahm einen vorsichtigen Schluck. Eine sofortige Besserung trat ein. Es juckte Max nicht mehr am ganzen Körper und auch seine Größe hatte merklich abgenommen. Er war jetzt nicht mehr weit von einer Maus entfernt.

Er war eine Maus! Er sah sein Spiegelbild im Wasser an und war entzückt, eine wohlgeformte kleine Maus zu sehen, mit rosa Schnäuzchen und ebensolchen Öhrchen. Er war eine Maus, rank und schlank, richtig gut aussehend. Er war richtiggehend beliebt bei den aus dem Löschwasser hervorgebrachten Geschöpfen.

Vor allem die Harpyie und der Steinadler waren ganz begeistert von Max und hatten ihn zum Fressen gern. Aber Max hatte keine Lust, gefressen zu werden und schlug Haken in einer Geschwindigkeit und mit einer Gewandtheit, die er sich niemals auch nur im Entferntesten hätte vorstellen können. So kam es mehr als einmal vor, dass der Adler in die Luft griff an der Stelle, an der Max eben noch gesessen hatte, aber wie ein geölter Blitz gerade rechtzeitig den Standort gewechselt hatte.

Nach einer Weile musste Max trotz seiner überraschenden Kondition einmal rasten. Dazu kroch er flink unter ein altes Rindenstück.

Der Bach, der über das Ende dieser Borke rann, verhieß einen Grummeltroll, was für Max keine verlockende Wahlmöglichkeit darstellte. Ihm war mehr nach einem schönen, starken Wesen zumute, das sich vor nichts und niemand fürchten musste. Ein Bär oder ein Tiger oder doch lieber wieder ein Mensch?

Von seiner Flucht vor den Greifvögeln müde und schlapp schlief er kurze Zeit später ein und träumte wirres Zeug. Als er wieder aufwachte, war das Wäldchen so still, wie er es am Vormittag betreten hatte.

Die neuen Wesen waren anscheinend weiter gezogen, nur die Bächlein blubberten noch vor sich hin. Max machte sich vorsichtig wieder auf die Suche nach der Menschwerdequelle, als sich ein scheues Reh vorsichtig näherte. Die kleine Maus betrachtete es wohl nicht als Gefahr, so dass es langsam näher kam und vorsichtig Max beschnupperte.

"Bist du auch ein Mensch, oder schon immer eine Maus?" fragte es. Max freute sich, dass es ihm nicht allein so ging, in einem ungewohnten Körper zu stecken. Die Quelle gleich neben dem Kopf des Rehs verhieß: "Wer aus mir trinkt, wird ein Reh."

Max wollte gerne größer sein, er rechnete sich dadurch mehr Chancen aus, die Menschenquelle zu finden, als in der winzigen Gestalt einer Maus.

Max nahm einen Schluck und kaum, dass er zum Reh geworden war, verspürte er unbändige Kraft und Lebensenergie. "Fang mich", rief er dem anderen Tier zu.

Dieses lies sich das nicht zweimal sagen und so tollten sie beide durch den Wald und über die Wiesen. "Das ist eine ganz neue Lebensqualität", dachte sich Max und jauchzte aus tiefer Brust. Die Unbekümmertheit fiel mit einem Schlag von den beiden Wildfängen ab, als ein Schuss ertönte.

Die Kugel pfiff knapp am Kopf von Max vorbei.

Ein zweiter Schuss streifte das fremde Reh an der Ferse seines linken Hinterlaufes. Es stieß einen klagenden Schmerzenschrei aus.

Max eilte zu ihm: "Tut es sehr weh?"

Mit schmerzverzerrtem Gesicht murmelte der andere: "Geht schon, lass uns hier verschwinden."

Max ließ sich das nicht zweimal sagen und die beiden flohen ins Unterholz. Max war immer noch über seine sagenhafte Kondition erstaunt. Er folgte dem lahmenden Reh bis zu einer recht verfallenen Hütte. Was wollte es da?

Die Tür flog auf und eine hübsche junge Frau kam herausgestürmt.

"Brüderchen, da bist du ja wieder! Ich habe mir Sorgen gemacht, als ich den Schuss des Jägers hörte. Aber du blutest ja", sie hatte die Wunde entdeckt und stürmte gleich in die Behausung, um Verbandsmaterial zu holen.

Max sah, dass die außen wenig einladende Hütte innen behaglich eingerichtet war und gut gepflegt. Anscheinend fehlte hier der Mann im Haus für die groben Arbeiten.

"Hat du keinen richtigen Namen?" fragte er das verwundete Reh.

"Nein, woher denn. Meine Schwester heißt auch nur Schwesterchen", antwortete das Tier.

"Warum?" Max verstand wider einmal nicht.

"Warum, warum, warum ist die Banane krumm? Ich weiß nicht warum. Es ist halt so, wir kennen es nicht anders."

"Hast du nie versucht, wieder ein Mensch zu werden?"

"Versucht schon, aber es hat nie funktioniert. Meine böse Stiefmutter ist an dem ganzen Unglück schuld, sie hat die Quellen im Wald verhext. Ich habe die Menschenquelle nie gefunden, aber ich bin ja auch noch nicht so lange ein Reh. Außerdem kann ich mir schlimmere Tiere vorstellen."

"Stimmt, ein Reh ist das beste Tier, das es gibt." Max fand es mittlerweile gar nicht so übel, ein Reh zu sein, nur der Gedanke an Aliena mischte einen faden Beigeschmack unter sein neu gewonnenes Wohlgefühl.

Wie sollte er jemals seinen Auftrag erfahren?

In seiner jetzigen Gestalt konnte er nicht in die nächste Dorfschänke marschieren und nachfragen. Der Wirt würde ihm sicher nichts auftischen, im Gegenteil. Wahrscheinlich wäre Max derjenige, der aufgetischt wird. Fein zerlegt in Keule, Brustfilet und Innereien. Bei dem Gedanken grauste es Max.

Er wollte doch Aliena wieder sehen. Mit ihr zusammen glücklich werden, für immer bei ihr bleiben. Trotz der Aussicht, mit Brüderchen und Schwesterchen zusammen zu leben, was ihm nicht das Schlechteste schien, war doch der Gedanke an Aliena stärker.

Schweren Herzens verabschiedete sich Max von den Beiden und suchte sich den Weg zurück in den Wald, um die Quelle zu finden, die ihn wieder zum Menschen machen würde. Er dachte, sie müsste recht einfach zu finden sein, da er ja einige Keksstücke daneben gelegt hatte.

Als er nach langen Tagen des Suchens tatsächlich die Quelle fand, die sagte: "Wer aus mir trinkt, wird ein Mensch." konnte er allerdings keinen einzigen Krümel entdecken.

"Wahrscheinlich war das der Spatz, der mich als Wurm auffressen wollte. Na ja, was soll's."

Max trank gierig aus der Quelle und war binnen kurzem wieder der Alte. Er schlüpfte in seinen Kanogri-Anzug, den er verloren hatte, als er zur Schnecke mutiert war. Er war in dem stillen Wald mit den vielen Teichen und Quellen vom Aussehen her eine derart laute Erscheinung, dass die Eichhörnchen und Vögel die Flucht ergriffen.

Ach wie gut ...

Max verließ den Ort der sprechenden Quellen und schlenderte ziellos durch das angrenzende Dickicht. Während sich die dritte Abenddämmerung des heutigen Tages über den Wald legte, begann er, sich Gedanken über seine nächtliche Bleibe zu machen. Die Möglichkeit, sich im Wald einfach auf den zwar weichen, aber doch einigermaßen feuchten Boden zu legen und sich dabei einen ordentlichen Schnupfen zu holen, verwarf er ziemlich schnell. Zudem wusste er nicht, was in diesem zumindest scheinbar unverdächtigen Wald unterwegs war. Max erinnerte sich an Geschichten von Vampiren und Werwölfen. Aber auch "normale" Tiere wie Wolf oder Bär wären einer angenehmen Nachtruhe sicher nicht zuträglich und unter Umständen tödlich.

Sein nächster Gedanke war, sich auf einem Baum einzurichten. Aber auch dieses Ansinnen verwarf er schnell. Wenn er nun aus Versehen auf einem Baum landete, der Menschen in komischen Hanswurstkostümen verabscheute? So einer würde ihn bestimmt auf die Erde schleudern. Oder ein Baum könnte auch so bösartig sein, dass er Max festhielt und die Wölfe oder Bären auf seinen Fang aufmerksam machte.

Nein, Max konnte in diesem zunehmend düsterer werdenden Wald niemandem vertrauen. Zu allem Überfluss wurde es schon seit geraumer Zeit zunehmend kälter und im fahlen Licht sah er erste Schneeflocken. Max war erstaunt, wie sich vor seinen Augen in wenigen Minuten eine dichte Schneedecke gebildet hatte.

Ihn fröstelte, denn das Kostüm war offensichtlich nicht für Minusgrade gedacht. Max begann weiter in den Wald hineinzugehen.

Ohne Weg (wenn es einmal einen gegeben hatte, war der jetzt verschneit) und ohne Ziel. Aber ein geeigneter Schlafplatz bei freundlichen Geschöpfen (Menschen wären gut, aber ob er sich das jetzt aussuchen konnte?) wäre schon schön gewesen.

Es wurde höchste Zeit für ein Lager. Max ertappte sich immer häufiger dabei, wie ihm beim Gehen mal das rechte, mal das linke Auge für Sekunden zufiel. Manchmal sogar beide. In einem dieser Augenblicke, oder besser gesagt Nichtaugenblicke, übersah Max die Wurzel einer majestätischen Trauerweide, stieß sich den Fuß daran und wäre beinahe in den verlockend weichen Schnee gefallen

Die Weide war offensichtlich hellwach und fing ihn im Sturz mit einem ihrer geschmeidigen Zweige auf.

"Dankeschön" sagte Max und wollte eine kleine Verbeugung andeuten, musste jedoch feststellen, dass der Baum ihn mit immer mehr Zweigen umschlang und diese immer enger zusammenzog.

Max bekam es mit der Angst zu tun. Fraßen Bäume Kinder?

"Lass mich los, bitte!" Max versuchte sich loszumachen, aber die Weide drückte nur fester zu. Sie hatte Äste um seinen Bauch, seine Brust, jedes Bein, die Arme und den Hals geschwungen und würgte nach Baumeskräften. Max schrie um Hilfe, der Druck schmerzte höllisch. Max schrie wie am Spieß in Todesangst, bis ihm die Luft wegblieb.

Er hatte schmerzlich erfahren müssen, dass man sich mit Trauerweiden besser nicht anlegte. Ihm wurde schwarz vor Augen und er dachte, das wäre das Ende. Er kam bald darauf wieder zu sich, als die Weide ihren Würgegriff etwas lockerte und mit einem ihrer freien Äste - derer sie etwa 500 besaß - begann, Max zu schlagen, oder genauer gesagt, auszupeitschen. Max schrie beim ersten Schlag laut auf. Es folgten im kurzen Abstand weitere Hiebe. Sein Körper war noch betäubt von den vorigen Schlägen, aber dieses Martyrium konnte er unmöglich überleben. Überall floss Blut, das verkrustete. Immer wieder neue Wunden rissen auf.

Seine Kleider bestanden mittlerweile nur noch aus Fetzen, aber das war Max jetzt auch egal. Überhaupt war ihm jetzt alles egal. Wenn er doch nur sterben könnte!

Aber soweit kam es nicht. Die Weide bekam ihre Attacken über. Sie warf Max wie einen ausgezogenen Handschuh von sich. Max landete unsanft im Matsch.

Nach den Schlägen fühlte das sich fast an wie eine zärtliche Umarmung. Wie gerne wäre Max liegen geblieben. Aber die Angst vor seiner Peinigerin trieb ihn in eine blinde Flucht.

Seine Beine trugen ihn nicht, er musste sich auf allen Vieren vorwärts zwingen. Seine Hände waren schon bald blau gefroren. Handschuhe hatten nicht zur Ausstattung seines Kostüms gehört. Auch vom Anzug waren nicht viel mehr als ein paar einzelne Fäden übrig geblieben.

Der auffrischende Wind kühlte zwar die blauen Flecke und die anderen Wunden, führte aber auch dazu, dass Max erbärmlich fror. Beinahe nackt im Schnee unterwegs zu sein, ist eine Erfahrung, die man nicht seinem ärgsten Feind wünschen möchte.

Max schleppte sich also durch den Wald, ohne auch nur den leisesten Hauch einer Ahnung zu haben, wo seine Flucht enden sollte. Aber er musste weiter!

~~~

"Wer hat denn diese wahnsinnige Weide programmiert? Was soll das?" Der Große war alles andere als amüsiert. "Der Komische hat doch ein Faible für derartige Scherze", warf der Hässliche ein, worauf der Schöne konterte: "Aber geht das nicht etwas zu weit?" Der Lange stöhnte resigniert: "Da können wir den Komischen gleich abschreiben. Solchen Gefahren ist VP1 nicht gewachsen." Der Kurze wiegelte ab: "Hab doch Vertrauen. Er hat schon so viel überstanden, er wird uns nicht gleich erfrieren." Skeptisch fragte der Lange: "Und wenn doch?" Den Kurzen brachte das alles nicht aus dem Konzept. "Wenn doch, brauchen wir eben eine VP2, das war doch von Vorneherein eingeplant." Wehmütig seufzte der Schöne: "Aber ich habe VP1 lieb gewonnen." Der Große intervenierte: "Schöner, schäm dich. Wir lieben nichts und niemanden, nur die Wissenschaft." "Ist ja gut, ich meinte ja nur..."

~~~

Erfrieren war ein recht angenehmer Tod, hatte Max mal gehört, aber sterben wollte er jetzt nicht mehr. Durch den Frost waren seine Verletzungen stark betäubt, seine Bewegungen wurden immer schwerfälliger und anstrengender.

Auf einer schneefreien Fläche unter einem Nadelbaum, ließ Max sich fallen. Und streckte alle Viere von sich. Das heißt, er wollte sich entspannen, aber seine Glieder waren so wund und dazu steif gefroren. Der Versuch bereitete ihm große Schmerzen.

Er fiel auf sein geschundenes Gesicht und schrie erneut auf, denn das Gewicht seines gesamten Körpers schien auf seiner rechten Wange zu ruhen und sich in den Boden hineinzuschrammen.

Max hörte von ferne ein leises Plätschern, ihm wurde bewusst, dass er schon stundenlang nichts mehr getrunken hatte und seine ausgedörrten, geschwollenen Lippen verlangten nach Flüssigkeit.

Mit einer letzten Kraftanstrengung wälzte er sich in Richtung des Geräuschs. Jede Bewegung tat ihm weh und er registrierte kaum, dass es wärmer zu werden schien, als er mit seiner linken Hand plötzlich in eine Pfütze patschte. Er erschrak.

Aber Wasser war doch ungefährlich?

Es war überraschend, mitten im Schnee eine nicht zugefrorene Pfütze zu finden. Max zog sich weiter und lies sein Gesicht im Wasser ruhen. Er trank begierig vom Wasser, ohne sich Gedanken zu machen, ob es vielleicht ungenießbar oder gar vergiftet war.

Eine zarte Stimme erklang: "Komm näher, ruh dich aus!"

Max konnte gar nicht anders, er musste der Aufforderung Folge leisten. Immer weiter kroch er in die Pfütze hinein, die sich nun als respektabler Teich entpuppte.

Das Wasser war frisch, aber nicht unangenehm. Es hatte auch eine gänzlich andere Konsistenz als Wasser, eher wie Öl. Max rieb sich den Körper und bemerkte, dass viele seiner Wunden bereits verschorft waren und teilweise sogar schon wieder völlig verschwunden. War hier Zauberei am Werk?

"Im Wasser ist Heilung" tönte es wieder. Er fuhr sich übers Gesicht und seine Haut fühlte sich an wie, wie ein Babypopo. Dabei hatten noch vor kurzem etliche Pickel sein Gesicht verziert. Die waren anscheinend alle verschwunden.

"Lass dich fallen, mach dich frei" hörte er wieder die zärtliche, verführerische Stimme. Max gehorchte beinahe willenlos und stieg aus den Überbleibseln seiner Kleidung. Es war stockdunkel und er war im Wasser. Eine sanfte Welle spülte die Fäden weg von ihm ins Dunkel.

Das war Max egal. Überhaupt war ihm alles gleichgültig. Er hätte immer in diesem Teich treiben mögen, ohne Gestern und Morgen. Einfach nur sein. An nichts anderes denken, als an diese süße Stimme.

"Komm her, keine Angst" tönte es wieder.

"Wo bist du?" stammelte Max, "wer bist du?"

"Ich bin überall, ich bin der Teich."

Max war irritiert. Ein Teich, der sprach! Max war mitten im Teich. Wie konnte das gehen? Der Teich umschmeichelte ihn mit seinen Wellen und gab ihm mit einer Welle einen Klaps auf den Po. Max fühlte sich richtig wohl in seiner neuen Haut.

"Bleib bei mir. Ich sehnte mich schon lange nach Gesellschaft. Ich habe niemanden, den ich verwöhnen kann. Bleibe in mir und dir wird es an nichts fehlen."

Max war schon beinahe komplett bereit, sein weiteres Leben mit dem Teich zu verbringen, da zuckte ein Gedanke durch sein Bewusstsein, das zunehmend weniger wurde.

Der Auftrag!

Aliena!

Seine Mutter!

"Vergiss deine Mutter, wozu brauchst einen Auftrag? Ich gebe dir alles, was du brauchst."

Max war schon fast wieder dabei, zurück in den schläfrigen Dämmer zu gleiten, aber der Gedanke an seine Mutter erregte ihn dermaßen, dass er langsam, aber zunehmend in die Richtung des Ufers schwamm, oder zumindest, wo er es vermutete - es war ja immer noch stockdunkel, auch wenn die Algen und Schlingpflanzen im Wasser gelegentlich sanft aufleuchteten.

"Wie ist dein Name, holder Jüngling?"

Max fühlte sich geschmeichelt, nie hatte ihn jemand als Jüngling bezeichnet und schon gar nicht als 'hold', aber ihm schien es sicherer, seine Anonymität zu wahren. Beinahe hätte er von seinem Vorhaben abgesehen, den Teich zu verlassen, aber der Drang dazu war in ihm stärker. Wenige Meter vom Ufer entfernt, Max konnte schon komfortabel stehen, und das samtene Wasser reichte ihm nur noch bis zur Hüfte, durchschaute der Teich offenbar sein Vorhaben, denn er verstärkte seine Bemühungen um Maxens Gunst: "Bleib doch bei mir, ich werde dich glücklich machen." Max ging einen weiteren Schritt Richtung Ufer, das Wasser leckte nun um seine Taille herum. Beim nächsten Schritt bemerkte er eine eisige Strömung, die ihm die Füße gefror und unter dem Leib wegzog.

"He, lass das!" Max war überrascht, da er nicht damit gerechnet hatte, dass sich der Teich so schnell von einer angenehmen Gesellschaft zu einem kaltblütigen Feind wandeln würde. Der Teich schlug Wellen, Max bekam Wasser in den Mund, nichts mehr war zu spüren von Liebe und Zärtlichkeit. Nichts als blanker Hass sprang ihm entgegen.

"Wer mich verlässt, muss sterben!"

Max ruderte so gut er konnte, mit den Armen ans Ufer, aber immer wieder zog ihn der Teich hinein. Max sah sich schon im feuchten Grab versinken, das jetzt gar nicht mehr verlockend und angenehm erschien, sondern gefährlich und tückisch. Nach einem Kampf, der Max endlos vorkam, gelangte er schließlich ans Ufer.

"Du hast gewonnen. Ich werde dich vermissen. Deine Kleidung liegt am Ufer für dich bereit."

"Aber die ist doch total kaputt."

"Ich sagte doch 'Im Wasser ist Heilung'. Wenn ich dich heilen kann, warum nicht einen Anzug aus primitiven Kohlenstoffverbindungen?"

"Aber wo kann ich sie finden, es ist zu dunkel."

Einen kurzen Moment später erstrahlten die Algen im Teich, oder war es der Teich selbst in einem überirdisch anmutenden Licht, und die ganze Umgebung war hell erleuchtet.

"Vielen Dank!" rief Max freudig aus und fand auch gleich seinen Anzug, der zur Gänze wieder hergestellt war.

"Wie kann ich dir danken?"

"Bleib bei mir."

"Das geht nicht"

"Dann sag mir wenigstens deinen Namen."

"Maximilian."

Max drehte sich auf dem Absatz herum und ging in den Wald hinein. Es war immer noch stockdunkel, weil die Nadelbäume das Sternenlicht aussperrten, aber Max und sein renovierter Anzug leuchteten wie Glühwürmchen, so dass er den schmalen Weg gut finden konnte. In unserer Welt würde man sagen, der Anzug wäre Hightech, er passte sich nämlich automatisch den Erfordernissen an, wie Max bald herausfand.

In etwa 50 Meter Entfernung flackerte ein Feuer, das natürlich Schatten warf, aber noch viel mehr Licht. Der Anzug leuchtete demzufolge schwächer, so dass Max unerkannt im Dunkel das Geschehen beobachten konnte.

Was sah er da? Wie gesagt, zunächst einmal ein respektables Feuer, allerdings auch ein kleines Männchen - es ging Max vielleicht bis zur Hüfte, sicher nicht mehr - das um das Feuer herumtanzte und sang.

Leider war der Gesang schlecht zu verstehen, denn der Wind hatte sich gedreht und blies Max nun in den Rücken. Max betrachtete fasziniert den dicklichen, nackten Mann, der als einzige Kleidung einen langen und dichten Bart hatte, der übergangslos an sein rotes Haar anschloss.

Eine rötliche Knollennase, wie bei einem starken Trinker vervollständigte das Bild eines, der ausgestoßen mitten im Wald leben musste. Max hatte Mitleid mit der Gestalt, die während ihres Tanzes immer wieder auf ihren ungepflegten Bart trat und dadurch stolperte.

Die Änderung der Windrichtung bewirkte auch, dass das Männchen in seinem Tanz innehielt und angestrengt Luft einzog.

Es hatte Max gewittert!

Aus dem neuen Geruch wurde es aber anscheinend nicht recht schlau, denn es schüttelte immer wieder unwillig den Kopf: "Das kann nicht sein. Die Dame vom Teich kommt nie hierher. Oder sollte ihr jemand entkommen sein? Undenkbar!"

Max wusste nicht, was zu tun, also trat er in den Lichtkreis des Feuers. Mit dem Knirps konnte er es aufnehmen, dachte er.

Erst jetzt bemerkte er, dass der Platz ums Feuer übersät war mit vielgestaltigen Knochen. Es waren nur kleine Knochen - sicher Hühner oder Kaninchen, dachte Max.

Aber er sollte bald eines Besseren belehrt werden.

„Halt, wer da?" rief das Männchen.

„Keine Angst, ich bin's nur, ein Junge."

„Was tust du hier, in meinem Wald?" raunzte ihn der kleine Feuertänzer an.

„Das ist nicht dein Wald. Das ist der Wald von vielen anderen auch noch. Ich bin hier nur Gast. Hast du noch nie etwas von Gastfreundschaft gehört?"

Max ging mutig auf den Knirps zu.

„Komm mir nicht zu nahe. Ich bin zwar in deinen Augen vielleicht klein, aber ich habe große Macht. Sei gewarnt!"

Max war nicht beeindruckt, er wusste, das heißt, er glaubte zu wissen, dass kleine nackte Männer mit langem rotem Bart und krächzender Stimme nicht gefährlich sein können. Anscheinend war er noch nicht lange genug im Märchenwald gewesen. Denn der Zwerg schleuderte Max eine Nuss vor die Füße.

Max sah das ganze zunächst als primitives Willkommensgeschenk, wurde aber im selben Augenblick eines Besseren belehrt.

Die Nuss explodierte und ließ einen fünf Zentimeter tiefen Krater mit einem Durchmesser von etwa einer Handspanne zurück.

„Nimm dies als Warnschuss. Ich habe noch größere Nüsse auf Vorrat. Schließlich muss man als Einsiedler gegen Eindringlinge gerüstet sein."

Max war nun doch etwas beeindruckt, aber er tat den Kracher als jugendfreies Silvesterfeuerwerk ab.

Das empörte das Männchen dann doch sehr, denn obschon es nicht wusste, was ein 'jugendfreies Silvesterfeuerwerk' war, merkte er doch am Tonfall von Max, dass das eine Kinderei bezeichnete.

„Dir werde ich es schon zeigen!" Diese Drohung bewegte Max dann doch zum Einlenken: „Warte, das war schon ganz schön beeindruckend. Wir müssen uns doch nicht unbedingt bekämpfen."

„Meinst du wirklich?" fragte das Männchen vorsichtig, „das wäre eine ganz neue Erfahrung für mich. Aber schon dein Auftauchen ist ein ganz neuer Umstand, der mir so auch noch nicht vorgekommen ist."

„Bist du immer allein? Das tut mir Leid!" Max versuchte diese Aussage mit dem passenden Gefühl zu unterlegen. Eigentlich war ihm dieser Zwerg unsympathisch. Aber da er keine Bedrohung darzustellen schien, wollte er versuchen, mit ihm auszukommen.

Seine eigentliche Motivation, nach einem Nachtquartier zu fragen, hatte sich erledigt, denn nach dem Bad im Teich, war er munter und frisch. Er hätte Bäume ausreißen können, wenn die Gewächse im Wald nicht möglicherweise gefährlicher gewesen wären, als das Männchen. Deshalb beließ er es bei freundlicher Anteilnahme.

Das Männchen begann ebenfalls einzusehen, dass Max für ihn keine Gefahr darstellte und auch nicht darstellen wollte. Trotzdem blieb es misstrauisch. „Setz dich da drüben hin", forderte es Max auf und wies auf die ihm gegenüberliegende Seite des Feuers.

Offensichtlich wollte der kleine Mann nicht in der Öffentlichkeit tanzen. Vielleicht hatte er auch Angst, Max könnte ihn im direkten Vergleich übertreffen.

Wie unbegründet speziell diese Angst war, konnte er nicht wissen.

Als sich beide gesetzt hatten, starrten sie sich eine ganze Weile an und führten einen Augenringkampf über drei Runden aus.

Als keiner der beiden als Sieger hervorging, rückte Max vorsichtig ein Stückchen auf sein Gegenüber zu, der ihn immer noch vorsichtig beäugte.

„Vor mir brauchst du keine Angst haben", redete Max ihm zu, „ich bin in meiner Klasse der schlechteste im Sport. Außerdem hat mir deine Nuss einen gehörigen Respekt eingeflößt. Ich war nur auf der Suche nach einem Übernachtungsplatz. Ich bin fremd hier, musst du wissen."

„Ich mag keine Fremden, mag nur mich", bockte das Männlein.

„Aber du bist doch bestimmt manchmal einsam und wünscht dir einen Freund, oder?"

„Nein, habe ich nie gewünscht und werde ich nie wünschen. Mir geht es gut hier."

Immer noch kein Entgegenkommen von Seiten des kleinen Kerls.

„Wenn du meinst... Kann ich trotzdem bei dir bleiben? Ein Feuer für die restliche Nacht würde mir schon gefallen."

Max versuchte es auf die unterwürfige Tour. Bevor er es sich anders überlegen konnte, beeilte sich der Fremde zu sagen „Wenn's denn sein muss. Ich will nicht daran schuld sein, wenn du dem großen Grobian über den Weg läufst."

„Dem großen Grobian? Wer ist denn dass?"

„Ach, hm", das Männlein druckste herum, „den gibt es nur in irgendwelchen Legenden. Damit erschreckt man kleine Kinder, die nicht schlafen wollen."

Max hatte die Luft angehalten bei der Erwähnung dieses Unholdes, jetzt atmete er erleichtert aus: „Du bist mir vielleicht einer!"

Verlegen lächelte der kleine Mann und über sein zerfurchtes Gesicht breitete sich ein kleines Erdbeben aus. „Ach, Spaß muss sein, manchmal. Kennst du vielleicht einen neuen Witz? Es ist schon ein wenig langweilig, seit 245 Jahren erzähle ich mir immer die gleichen Witze. Du verstehst, dass das mittlerweile etwas langweilig geworden ist. Am Anfang fand ich sie noch lustig, aber jetzt ist das nur noch Routine. Wenn du mir einen Witz erzählen kannst, den ich noch nicht kenne, hast du drei Wünsche frei."

„Drei Wünsche?" Max war überrascht, hatte er doch davor noch nie von einer guten Fee gehört, die abgrundtief hässlich war und nackt in der Gegend umher sprang. Außerdem war der kleine Kerl unübersehbar ein Kerl.

„Bist du etwa eine gute Fee, die sich verkleidet hat?" fragte er deshalb.

„Nein, sehe ich etwa so aus? Ich bin einzigartig. Feen gibt es wie Sand am Meer. Mich nur einmal."

„Woher willst du das wissen, wenn du nie Besuch hast oder weggehst?" zweifelte Max.

„Von nicht weggehen war nie die Rede. Ich bin viel unterwegs, aber immer im Verborgenen. Ich kann ohne Übertreibung sagen, dass ich schon überall war."

Max wollte dem Aufgeblasenen etwas die Luft abdrehen.

„Warst du auch schon im Veilchenweg?"

Der Zwerg fiel in sich zusammen: „Nein, da noch nicht. Aber ich habe schon ein Zugticket dorthin gekauft."

Max bohrte weiter: „Ein Zugticket? Ich habe im ganzen Wald noch keinen Zug gesehen."

„Die sitzen doch überall auf den Bäumen herum. Manche nennen sie, glaube ich, auch Zugvögel."

Wieder hatte das Männchen Max übertrumpft. „Weißt du, wie du da fliegen musst?"

„Ich nicht, aber der Kranich, den ich gebucht habe, der weiß das bestimmt."

Max gab auf: „Ich gebe es auf. Meinetwegen: Du bist einzigartig, wenn dir das was bedeutet."

„Erst gestern war ich wieder bei der armen Müllerin im Schloss."

Der Zwerg schlug sich auf den Mund.

„Ich Plappermaul!" rief er aus.

„Was macht eine Müllerin im Schloss?" Max' Neugier war erwacht.

Das Männchen druckste herum: „Na ja, sie kann Stroh zu Gold spinnen."

„Wie das? Die würde ich gerne mal kennen lernen."

„Kann sie doch gar nicht. Ich habe das Gold gesponnen, weil sie so jämmerlich geweint hat und weil sie mir ihr erstes Kind versprochen hat. Mmmh."

„Du hast doch bestimmt das Kind abgelehnt. Was willst du schon mit einem Kind? Das bringt doch nur Unruhe in dein einsames Leben."

„Lange wird es das nicht tun, Unruhe reinbringen, meine ich. Ich hatte schon lange kein Festessen mehr und dieses königliche Kind-"

„Ich dachte sie ist Müllerin?"

„Stimmt schon, aber der König heiratet sie bald und dann kommt das Kind. Wie gesagt, die Königskinder sind mir immer am liebsten, die sind gut genährt und zart, besonders die Schenkel."

„Jetzt wirst du mir aber unheimlich", bemerkte Max. Ein grauser Gedanke beschlich ihn, außerdem machte sich der lange verdrängte Hunger bei ihm bemerkbar.

„Bei uns gehört zur Gastfreundschaft, dass man dem Gast etwas zu Essen anbietet. Könnte ich vielleicht eine Scheibe Brot oder so was haben? Ich falle gleich um vor Hunger."

„Brot? Wer isst denn schon Brot? Ich habe etwas viel besseres. Warte einen Moment!"

Das Männchen erhob sich und eilte in seine Hütte. Es ließ die Türe offen stehen. Max lief ebenfalls - möglicherweise aus Neugier, vielleicht aber auch aus Hilfsbereitschaft - zur Hütte und trat ein. Ordnung herrschte hier seit gewiss hundertfünfzig Jahren nicht mehr. Kein Wunder, wenn der kleine Kerl schon so lange alleine mitten im Wald wohnte und immer irgendwo unterwegs war. Wer sollte hier schon Ordnung halten?

Vom Ende eines langen Ganges hörte er plötzlich ein leises Wimmern und vielstimmiges Babygeschrei. Max glaubte, sich verhört zu haben. Sammelte der Gnom Babys? Wozu? Max trat in den Gang und ging auf die Tür zu, hinter der der Babylärm erklang. Vorsichtig öffnete er die Türe.

Er sah an den Wänden Käfige, Legebatterien für Hühner nicht unähnlich.

In diesen Käfigen befanden sich kein Hennen, sondern Babys, bestimmt ein Dutzend oder mehr.

Max konnte es nicht glauben, auch lag über dem Raum ein Hauch von Babypuder.

Wie kam sein Gastgeber zu so vielen Kleinkindern? Er lebte doch streng allein, hatte er zumindest gesagt.

„Kann ich helfen?" fragte Max.

Der Zwerg erschrak: „Raus hier! Hier hast du nichts zu suchen!" Max ließ sich nicht so leicht abwimmeln, mittlerweile hatte er das Schlachtmesser in der Hand des anderen erkannt. Jetzt endlich konnte er zwei und zwei zusammenzählen! Er war bei einem Menschenfresser untergeschlüpft. Aber da dieser so klein und schwach war, vergriff er sich an unschuldigen Babys. Das musste ein Ende haben!

Max stürmte auf den kleinen Mann zu, der sich eben wieder seinem aktuellen Opfer zuwandte. „Tu ihm nichts! Ich habe keinen Hunger mehr!"

„Aber ich." Mit einem dämonischen, gierigen Grinsen ließ der Zwerg das Beil niedersausen.

Max warf sich dazwischen und konnte so den Hieb ablenken. Dem Baby war nichts passiert, nur Max hatte eine tiefe Fleischwunde davongetragen.

„Schade, du hättest mein Freund sein können. Aber beim Essen hört der Spaß auf. Lebewohl!"

Max rollte sich auf die Seite, als das Männchen einen erneuten Hieb versuchte. Dann steckte es das Baby, das laut weinte in seinen Käfig zurück. Erst musste er sich Max widmen. Sonst hätte er keine Ruhe bei seinen Essensvorbereitungen.

Außerdem, Max sah auch fett und nahrhaft aus. Die Wunde, die er Max geschlagen hatte, war unglaublich schnell verheilt. Die heilende Wirkung des Teiches hielt anscheinend noch an.

Max ging zum Angriff über. Der Zwerg bemerkte die Bewegung und ließ in einer Bewegung den Riegel des Babykäfigs fallen und griff wieder nach dem Beil. Verwundert über die schnelle Genesung von Max stutzte er und warf sich vor Max auf den Boden.

„Oh ich Frevler! Die Dame des Teiches . Du stehst unter ihrem Schutz! Ich kann nichts gegen dich ausrichten. Für diesen meinen Frevel muss ich sterben."

Mit diesen Worten überreichte er Max das Beil und erwartete zitternd seinen Tod. Max indes hatte kein Interesse daran, Blut zu vergießen und warf das Beil in eine Ecke. Als das der Gnom sah, fasste er wieder Hoffnung, seinem Leben noch einige Jahre hinzufügen zu können.

„Ich verschone dich, wenn du die Babys freilässt und zu ihren Müttern zurückbringst."

„Diese Kinder haben keine Mütter mehr. Sie wurden alle im Wald ausgesetzt, ich habe mich ihrer angenommen und sie versorgt und gepflegt."

„Aus reinem Eigennutz, offenbar."

„Stimmt. Wer kann schon von sich sagen, dass er seine eigene Babyfarm hat. Nur leider ist die Zucht mit Babys wirklich schwierig. Ich halte sie jetzt schon ziemlich lange, aber es tut sich nichts."

Max musste wider Willen in dieser grotesken Situation grinsen, nun war das Kerlchen schon so alt und wusste doch nichts vom Erwachsenwerden.

„Du glaubst wohl auch noch an den Klapperstorch, was?" fragte er.

„Na klar, woran denn sonst?" Max hatte jetzt keine Lust, dem Männchen, das sich immer noch hartnäckig über seinen Namen ausschwieg, die biologischen Vorgänge zu erklären, die zum Entstehen eines Kindes führten. Er beschloss, selbst den Anfang zu machen und die Babys erst mal aus den Käfigen zu holen. Er öffnete den ersten Verschlag und hob vorsichtig das kleine Mädchen heraus, das darin gehaust hatte.

Es konnte noch nicht viel älter als einen Monat sein, wog aber schon bestimmt seine vier bis fünf Kilo. Außerdem konnte es sprechen. Max war erstaunt. Wie konnte das sein? Er blickte fragend zum Zwerg.

„Futter, mit dem man redet, gedeiht besser." erwiderte dieser verschämt

„Das hat mir meine Mutter gesagt."

Max kippte fast aus den Latschen.

„Deine Mutter? Was war sie denn für ein Mensch?"

„Sie war kein Mensch, wie ich ja auch nicht. Sie war eine Hexe und mein Vater ein Zwergriese. Deshalb bin ich so, wie ich bin. Ich brauche Menschenfleisch zum Überleben."

„Hast du es denn schon mal ohne versucht?" fragte Max ungläubig. Allein die Vorstellung, dass dieses Wesen, mit dem er sich so angeregt unterhalten hatte, schon unzählige kleine Kinder geschlachtet und gegessen hatte, verursachte ihm Übelkeit. Er setzte das kleine Mädchen vorsichtig auf den Boden und hielt sich, weil ihm schwindlig war, an einem Gitter fest. Der kleine Junge, der in diesem Käfig saß, ergriff Maxens Daumen mit beiden Händen und biss herzhaft hinein. Max spürte keinen Schmerz. Anscheinend hatte der Schnitt mit dem Beil seine Selbstheilungskräfte jetzt in vollem Umfang aktiviert.

Seine Haut war zwar weich und zart, aber doch zäh wie Leder. Max war unverwundbar! Sogleich öffnete er den Käfig und setzte den kleinen Jungen auf den Boden, wofür sich dieser artig bedankte.

Max wunderte jetzt gar nichts mehr und er fuhr fort, die Babys aus den Käfigen auf den Boden zu heben. Als er alle dorthin befördert hatte, stieß das größte und offensichtlich älteste (es war schätzungsweise schon fast ein halbes Jahr alt) einen markerschütternden Schrei aus und die anderen Babys fielen in dieses Geheul ein. Dann marschierten sie auf allen Vieren (wie Babys das eben tun) aus dem Käfigraum in den Gang und tollten kurz darauf als Rudel über die Wiese davon in den dichten Wald. Schon war in der Dunkelheit nichts mehr von ihnen zu sehen.

Der Gnom brach in lautes Jammern aus: „Du hättest mich töten sollen. Wie soll ich jetzt weiter leben, ohne meine Vorräte?"

Max machte dieses Gejammer wütend, und um ein Haar hätte er dem Männchen doch den Todesstoß gegeben. Aber dann wäre er nicht mehr weit von ihm entfernt. Rücksichtslose Gewalt gegen Schwächere, davon hatte Max in der Schule genug abbekommen, damit wollte er jetzt nicht anfangen.

Er winkte dem kleinen Mann, sich ans Feuer zu setzen, dieser gehorchte, wenn auch misstrauisch unter Schluchzen, und setzte sich an den Rand der Glut. Max nahm eines der Messer auf und folgte ihm. Als er sich gesetzt hatte, nahm er dem Einsiedler das Versprechen ab, nie wieder ein Baby zu entführen und zu essen.

„Ich habe noch nie ein Menschenkind gegessen", beteuerte das Männchen, "niemals!"

Diese Unverfrorenheit brachte bei Max das Blut wieder in Wallung: „Du lügst! Ich habe doch selbst gesehen, wie du eines dieser unschuldigen Kinder schlachten wolltest."

„Wollte, ja, das stimmt. Aber im letzten Moment ist mir immer wieder etwas dazwischen gekommen. Heute zum Beispiel du."

„Aber was ist mit den ganzen Knochen, die um dein Feuer liegen?"

„Ach die, die habe ich zur Abschreckung. Sie sind alle von Geflügel"

„Warum hast du dann die Babys in Käfigen gehalten?"

„Das macht man doch so mit Schlachtvieh, oder? Wie gesagt, ich wollte gerne wieder diesen zarten, leckeren Geschmack meinen Gaumen kitzeln lassen."

„Also hast du doch ein Baby getötet."

„Nein, habe ich nicht, meine Mutter war's und sie hat mir auch nur einmal einen Schenkel abgegeben. Das war ein Genuss, sage ich dir!"

„Können wir einen Handel machen?"

„Kommt darauf an", sagte das Männchen listig, „was du verhandeln willst."

„In Ordnung. Du lässt das Kind der Müllerstochter in Ruhe und wirst Vegetarier."

„Das ist ein hoher Einsatz für mich, was aber gedenkst du dafür zu zahlen?"

„Ich erlaube dir, meinen Finger für fünf Minuten als Beißring zu nutzen. Ich bin momentan unverwundbar, du kannst also nach Herzenslust darauf herumkauen."

„Hört sich nicht ganz schlecht an, aber ich will zehn Minuten kauen." „Das geht in Ordnung, aber dann musst du mir noch zwei Fragen beantworten: Wie heißt du? Wo finde ich meinen Auftrag?"

Das Männchen wand sich, es wollte seinen Namen nicht preisgeben, aber fünf Minuten länger Fleischgeschmack im Mund war auch nicht zu verachten: „Also gut, abgemacht."

Er ergriff Max' Daumen, dieser schleuderte das Männchen weg.

„Immer mit der Ruhe! Erst dein Name."

Immer noch druckste der kleine Mann herum: "Rumpelstilzchen, aber jetzt darf ich kauen!"

Max tat einen Schritt rückwärts, so dass Rumpelstilzchen auf die Erde fiel. „Was ist mein Auftrag?"

„Ich weiß es nicht, bitte Max, wirklich nicht." Das war nicht, was Max hören wollte, aber er glaubte dem armen Geschöpf.

„Einigen wir uns auf sieben Minuten Daumen lutschen und kauen. Los geht's."

Er hielt Rumpelstilzchen seinen Daumen hin, dieses griff begierig danach und begann zu saugen und zu knabbern.

~~~

"Wir haben sieben Minuten. Was kannst du da machen?" Der Große überlegte kurz: "Vielleicht kann ich Rumpelstilzchen den Auftrag in den Mund legen." "Ja, aber mach schnell!" Der Große fuhr einige Arme aus und fuchtelte in der Luft herum. Auf Außenstehende wirkte das sehr unkoordiniert, was jedoch ein Trugschluss war. Immerhin gab es im Team keinen besseren Programmierer, man konnte also davon ausgehen, dass er wusste, was er tat. Aufgeregt suchte er in den Tausenden von Codes nach Rumpelstilzchens Sprachzentrum.

~~~

Maximilian spürte nichts, und so war allen gedient. Als er dachte, die sieben Minute seien schon lange vorüber, drängte er Rumpelstilzchen dazu, loszulassen, aber dieser hatte sich so fest verbissen, dass Max ihn mit Gewalt losreißen musste. Der Gnom jammerte noch eine Weile, aber Max hatte wohl nicht so gut geschmeckt wie das Menschenfleisch aus seiner Erinnerung. Rumpelstilzchen würde nie wieder Menschenfleisch anrühren, dessen war Max sich sicher.

„Lass mich alleine! Verschwinde! Nichts als Ärger hast du gebracht! Finde den Komischen und bring ihn ..." Max war über der plötzliche Stimmungsumschwung des Männchens nicht geheuer.

"Planst du etwas?"

"Nein, hau ab. Ich will dich hier nie wieder sehen."

Max war froh, dieser Aufforderung ohne Gewissensbisse nachkommen zu können und verließ das zeternde Rumpelstilzchen.

Die Worte allerdings, die so gar nicht in den Redefluss des Wichtes gepasst hatten ‘Finde den Komischen und bring ihn’ ergaben für Max nur wenig Sinn. Sollte das etwa ein Bruchstück seines Auftrages sein? So direkt zu einer Handlung aufgefordert hatte ihn hier bisher noch Keiner. Aber wenn das seine Mission sein sollte, was war sie? Wer war der Komische? Woran war er zu erkennen? Sollte er ihn irgendwo hinbringen? Wohin? Sollte er ihn umbringen? Wieso? Dieser Auftrag war genauso schleierhaft, wie es schon die Suche danach gewesen war.

~~~

"Das war wohl nichts." Der Große war zerknirscht: "Leider gelangte ich zu spät in das Sprachzentrum des Rumpelstilzchens, so konnte ich nicht die ganze Botschaft übermitteln." "Und was nun?" "Es wird sich schon wieder eine Gelegenheit ergeben. Notfalls setzen wir unsere Geheimwaffe ein." "Gut."

~~~

Flugstunde für Max

Max stolperte wieder durch den Wald. Inzwischen war es hell geworden. Immer noch war er zu dick, aber weit weniger kurzatmig als vor seiner Entführung.
In der Ferne sah er die Spitzen des Griesbreigebirges, des Eingangs zum Schlaraffenland, wie er von einem Eichhörnchen wusste.
Max hätte sich zwar schon für das Schlaraffenland interessiert, aber seine Abneigung gegen jede Art von süßem Brei hielt ihn zurück.
Er unterhielt er sich lieber mit einer Gruppe junger Birken, die sehr anmutig ein kleines Wäldchen bildeten. Sie waren sehr schön, aber Max fand bald heraus, dass sie sehr oberflächlich waren und sich nur für ihre zarte Borke und die frisch sprießenden Frühlingsblätter interessierten, mit denen sie sich bedeckten.
Mit Max, diesem ‚unförmigen, dicken Geschöpf‘ wollten sie sich nicht lange abgeben, zumal Max nicht einmal feste Wurzeln und starke Äste vorweisen konnte.
Max kannte diesen Typ Frau aus seiner Klasse: außen hui und innen pfui, genau wie Maria, Esther und Susanne, das unzertrennliche Trio, dessen Hauptbeschäftigung darin bestand, über andere zu klatschen und die neuesten Styling- und Modetipps auszutauschen.
Max hatte mit solchen Menschen noch nie warm werden können – warum sollte ihm das bei Bäumen leichter fallen? Max war froh, als er sich von diesen „Tussi-Bäumen" verabschiedet hatte, und die Birken waren es auch. Dieser kurze Zwischenfall mit dem gelb-roten Knuddelmonster würde ihnen Gesprächsstoff für die nächsten Jahre liefern.
Max befand sich nach einigen Metern auf einem immer breiter werdenden Weg. Kurz bevor dieser zu einem respektablen Platz wurde, verengte er sich wieder, bis er wieder auf etwa zwei Meter Breite geschrumpft war.
„Was soll das, bitte?" überlegte Max. „Das macht doch gar keinen Sinn."

Kopfschütteln ging er weiter, lustlos, weil er kein konkretes Ziel vor sich hatte. Nur sein Auftrag, nach dem Komischen zu suchen, hielt seine Beine in Bewegung.

Nach einigen Metern hörte er hinter sich das anschwellende Getrampel von vielen Stiefeln. Max wollte seinen Weg unbeirrt fortsetzen, aber schließlich siegte doch die Neugier. Er drehte vorsichtig um und schlich zurück.

Der Platz war nun angefüllt mit einer Kompanie Soldaten aus dem neunzehnten Jahrhundert. Sie marschierten in Viererreihen, natürlich im Gleichschritt.

Bei genauerer Betrachtung stellte Max fest, dass sich einer der Soldaten merkwürdig anders bewegte. Er war akkurat im Takt und störte nicht die Formation, es mangelte ihm aber an einem zweiten Bein. Diesen Mangel konnte er offensichtlich so gut ausgleichen, dass er sich reichlich Orden erworben hatte. Er hatte ein edles Gesicht, unbewegt wie das der ganzen Armee.

Als die Sonne hinter einer Wolke hervorkam, die den Aufmarsch bislang beschattet hatte, kniff Max die Augen zusammen, er war geblendet, trotzdem er die Sonne im Rücken hatte.

Die Soldaten glänzten aus den Löchern in ihrer Uniform und aus den Wunden der letzten Schlacht. Max bedeckte seine Augen und trat neugierig näher. Wie kam dieser Effekt zustande?

Die Kompanie war so im Exerzieren vertieft, dass sie Max nicht bemerkten. Der sah jedoch, dass die Armee nicht aus Menschen bestand, sondern aus Blechmännern.

Es waren Zinnsoldaten, wie man sie vor hundert Jahren in jeder gut sortierten Knaben-Spielzeugkiste finden konnte!

Aber was interessierte Max das vorvergangene Jahrhundert? Was sollte er mit einer lebensgroßen Spielzeugarmee anfangen? Er beschloss, den Paradeplatz zu verlassen und seinen vorherigen Weg wieder aufzunehmen.

Als er wieder an der Stelle angekommen war, an der er vor einer Stunde umgedreht war, waren es nur noch wenige Meter für ihn, bis sich der Weg gabelte, aber nicht in zwei oder drei Wege sondern in Hunderte, und alle waren merkwürdigerweise exakt genauso breit wie der Weg, auf dem Max gekommen war.

Nun hatte Max ein Problem.

„Welchen Weg soll ich nur nehmen?" überlegte er, „eigentlich ist das egal, denn hier stehen keine Wegweiser, und ich weiß nicht, wohin die Wege führen."

Aber wenn es egal ist, was man tut, wird die Entscheidung dadurch nicht unbedingt leichter. Max stand buchstäblich am Scheideweg. Aber keiner ging vorbei, der ihm einen Tipp hätte geben können. Nach schätzungsweise acht oder zwanzig Minuten kam dann doch jemand, oder besser ein „es".

Eine Stubenfliege brummte vorbei und prallte fast mit Maximilians Nase zusammen. Sie bremste und schien sehr aufgeregt. Sie umkreiste Max im Zickzackkurs, wie Fliegen das eben tun. Max versuchte, sie zu verscheuchen, aber da Fliegen eben so sind, wie sie sind, gelang ihm das nicht.

Sie brummte und beschwerte sich lautstark. Über was eigentlich?

Max verstand kein Fliegisch, wie wohl auch sonst kaum ein Mensch.

Lautstark bedeutete für die Fliege, dass sie aus Leibeskräften schrie, für Max war es allerdings nur als sanftes, nervendes Brummen zu hören, wie man das von Stubenfliegen kennt.

Als die Fliege offenbar feststellte, dass sie sich nicht verständlich machen konnte, flog sie kurzerhand in Max' linkes Ohr hinein und begann, wenige Millimeter vom Trommelfell entfernt zu reden und Max Vorwürfe zu machen.

Dieses Vorgehen wiederum traf bei Max auf ebenso wenig Gegenliebe wie ihr nervöses Umhersurren.

Für ihn war es nämlich eine Tortur, er glaubte, sein Kopf würde zerspringen; eine Armee Düsenjets, die direkt durch seinen Kopf rasten, wäre sicherlich angenehmer gewesen.

Aber ihr Anliegen verstand er immer noch nicht. Wie gesagt, er verstand kein Fliegisch.

Schließlich beschloss die Fliege, ihn anzupassen. Das hört sich schlimmer an, als es war. Sie biss ihn einfach in den Gehörgang und riss sich ein Bein aus, ein Tropfen Blut quoll heraus und gelangte ohne große Umschweife in Maxens Blutbahn. Dort zirkulierte er fröhlich hin und her, bis Max komplett auf Fliege eingestellt war.

„Ich bin von Kopf bis Fuß auf Fliege eingestellt" summte er vor sich hin, hörte aber sofort damit auf, als ihm ‚Harry', wie sich die Fliege vorstellte eine Standpauke hielt über den schweren Verkehrsverstoß, den er sich eben zuschulden kommen lassen habe.

Max konnte jetzt jedes Wort verstehen, das Harry sagte. Man sollte noch erwähnen, das Harrys Bein schnell wieder nachgewachsen war. Fliegen haben kaum Schmerzempfinden, aber wenn dir jemand sagt ‚ich reiße mir für dich beide Beine aus', gib nicht zuviel darauf. Menschen können das nicht so einfach. In der Regel meinen sie es im übertragenen Sinn. Aber Fliegen, zumindest die im seltsamen Land können das, und noch viel mehr!

Max wurde das Summen in seinem Ohr langsam zu viel, deshalb neigte er denselben leicht nach links und klopfte Harry aus seinem Ohr. Bevor sich die Fliege richtig besinnen konnte, hatte Max sie zwischen seinen beiden Händen eingefangen.

„Was willst du jetzt mit mir tun? Mich zerquetschen, wie meine sieben Brüder?" summte es aus seiner Hand.

Max zuckte mit den Schultern, er wusste nicht, was er mit einer sprechenden Fliege tun sollte. Es war schon früher selten vorgekommen, dass er einem Lebewesen etwas zuleide tun konnte, warum dann diesem?

Sofort zum Handeln gezwungen sah er sich aber, als er urplötzlich den Boden unter den Füßen verlor. Er versuchte sich abzufangen, und dabei entkam die Fliege.

Max landete auf dem Rücken. Er bemerkte, dass ihm unbemerkt ein Paar Fliegenflügel gewachsen waren. Wahrscheinlich hatte das etwas damit zu tun, dass er jetzt Fliegisch verstand. Vielleicht lag das an dem Biss von vorhin.

Wahrscheinlich.

So eine Überraschung!

Ob sie angenehm war, dass konnte Max jetzt noch nicht entscheiden. Immerhin war Fliegen von Jeher ein Traum der Menschheit. Nicht in irgendwelchen Blechkisten, sondern aus eigener Kraft, versteht sich. Auch Maxens Traum, klar.

Mühsam rudernd, versuchte er, sich auf den Bauch zu drehen und dann wieder zum Stehen zu kommen. Als er es schließlich geschafft hatte, war er einigermaßen außer Atem.

Harry (die Fliege) summte aufgeregt um Max herum und konnte kaum an sich halten vor lauter Dankbarkeit, dass er sie nicht zerquetscht hatte.

„Schnell, wie heißt du noch mal?"

„Maximilian."

„Schnell, Maximilian, Beeile dich! Ich führe dich, wohin du willst. Eine Fliege hat auch ihren Stolz. Wie kann ich dir sonst meine Dankbarkeit beweisen?"

„Schwirr ab!" fuhr Max sie unwirsch an.

„Ich kann dir zeigen, wie man fliegt", bot sich Harry an.

„Interessiert mich nicht" winkte Max ab. Aber sein Tonfall klang begeistert bis begierig.

„Also gut, lass mal sehen", Harry war in seinem Element. „Ich glaube, du musst deine Schultern bewegen."

Max versuchte es. Tatsächlich bewegten sich seine Flügel. Tatsächlich lag er gleich darauf wieder am Boden.

„Haha, so weit bin ich auch schon selbst gekommen. Wenn du mir nicht mehr beibringen kannst, vergiss es!"

Max war augenscheinlich etwas ungehalten.

„Komm schon, dass war doch erst der erste richtige Versuch. Deine Anatomie ist eben etwas anders als die einer Fliege. Aber über eines bin ich mir sicher: Du musst beide Schultern gleichmäßig bewegen, sonst wird das nie etwas."

Max folgte dieser Anweisung von Harry widerwillig, aber mit Erfolg. Er war überrascht, dass er mehrere Meter in die Höhe stieg, und das nahezu ohne Anstrengung. Leider vergaß er über dieser Freude das Schulterzucken und so gab es schon wieder eine Bruchlandung, diesmal aber aus einiger Höhe. Die Landung war sehr schmerzhaft.

„Ich schaff das nie!" Max neigte schon immer zu recht schneller Frustration.

„Doch, du schaffst das, oder willst du die ganze Strecke des heutigen Tages laufen?"

Das war ein Argument, dem sich Max nicht verschließen konnte.

„Ich dachte, ich habe alles richtig gemacht."

„Hast du auch. Aber während des Fluges darfst du dich nicht ablenken lassen. Du brauchst Routine. Das ist wie beim Autofahren."

„Häh?"

„Vergiss es! Nur Übung macht den Meister. Auf geht's!"

„Wohin?"

„Wohin du willst."

„Ich brauch jetzt ein Bett und was zum Essen."

„Das halte ich für keine gute Idee. Wer weiß, wie lange die Flügel bei dir halten. Du hast nur einen Tropfen Fliegenblut intus. Länger als einen Tag wird deine Assimilierung wahrscheinlich nicht halten."

„Meine was?"

„Assimilierung. Hattest du kein Latein in der Schule? Assimilierung – Angleichung. Das heißt, du bist jetzt ein Fliegenmensch. Also nimm dich vor Spinnen in Acht!"

„Gibt's denn hier so große Spinnen?"

„Hab noch keine gesehen, aber man kann ja nie wissen. Genug gequatscht. Wenn du nicht weißt, wohin du willst, werde ich dich zu einem Ort führen, der für Fliegen beinahe das Paradies ist."

"In Ordnung."

Max fühlte sich überrumpelt von einerer Fliege, das muss man sich mal vorstellen! Aber er sah keine Möglichkeit, ohne Harry irgendetwas zu unternehmen, denn er wusste nicht, wo er war und wo er hinwollte. Was konnte es also schaden?

Beide erhoben sich in die Lüfte, und Max bemerkte, dass Harry direkt über einem von den hundert Wegen flog. Hoffentlich wusste er, was er tat!

"Ich weiß nicht, wohin ich gehen soll", äußerte der Junge ratlos.

"Das macht nichts, vielleicht weißt du, wohin du fliegen sollst."

"Nein, auch das nicht."

"Dann lass uns zu einer Wohngemeinschaft, die ich kenne, fliegen, die schlagen Tiere nämlich nicht tot."

"In Ordnung."

Max hätte sich auch ein weiteres Leben ohne Wohngemeinschaften vorstellen können, aber eine andere Idee hatte er nicht.

Er hoffte nur, dass Harry keine Eintagsfliege war, denn dann müsste er womöglich seinen Flug alleine fortsetzen. Und das völlig ohne Autopilot oder Radar.

Die Fliegerei machte ihm langsam Spaß, auch wenn er darüber nachdachte, wie seltsam eine rotgelb kostümierte Riesenfliege wohl aussah.

Aber er kam nicht groß dazu, sich Gedanken über seine Außenwirkung zu machen. Harry gab das Signal zum Aufbruch und schwirrte in Richtung der untergehenden Sonne.

Max heftete sich ihm an die Fersen. Trotzdem Fliegen viel bequemer war als Laufen, bekam Max bald Muskelkater in der Schultergegend und im Bauch. Er musste sich ja die ganze Zeit gerade halten.

"Harry, können wir mal Pause machen?" fragte er flehend.

"Keine Chance", antwortete Harry, "sonst musst du die letzten Kilometer doch laufen. Und diese Wege sind alles andere als bequem und sicher. Man sagt, der Räuber Hotzenplotz treibe dort unten sein Unwesen."

"Hast du ihn schon mal gesehen?"

"Natürlich nicht, ich bin bloß eine Fliege, wir leben nicht lange genug, um viel von der Welt kennen zu lernen."
"Das tut mir leid!"
Max bedauerte den armen Harry.
"Macht nix!" rief Harry fröhlich. "Wir sterben bevor wir alt und krank werden. Meistens verglühen wir in irgendeiner Straßen- oder sonstigen Lampe. Das ist geradezu elektrisierend, habe ich gehört."
"Iih" Max wandte sich angewidert ab.
Durch die heftige Bewegung kam er aus dem Gleichgewicht und stürzte in atemberaubender Geschwindigkeit zur Erde. Etwa zehn Meter vor der Erdoberfläche fing er sich ab und begann einen erneuten Steigflug.
"Vorsicht, junger Mann," empfing ihn Harry. "Ich dachte schon, ich hätte dich verloren. Aber man sieht deutlich, dass du blutsverwandt bist mit mir oder besser meinem Vater, der ein bekannter Kunstflieger war. Möge er in Frieden ruhen!"
"Wieso, ist er tot?"
"Ja, bei einer Flugschau vor drei Tagen flog er einer Amsel direkt in den Schnabel - normalerweise gehört das zum Trick. Er flog nach einem Tusch dann immer wieder weg. Aber diesmal war der Vogel unkonzentriert und verschluckte meinen Vater. Ich habe ihn nie wieder gesehen. 'Fred Feuerfliege' so nannte man ihn. Ich vermisse ihn."
Harry musste sehr an sich halten, um nicht in Tränen auszubrechen.
"Das tut mir leid", versuchte Max zu trösten.
"Ach, ist nicht so schlimm. Ich habe mich nur hinreißen lassen", erwiderte Harry mit einer wegwerfenden Handbewegung.
"Wieso nicht so schlimm? Mein Vater fehlt mir."
"Ich vermisse meinen Vater schon auch, aber ich glaube, dass wir uns wieder sehen werden."
"Meinst du im Himmel oder so?"
"Nein, nicht im Himmel. An einem wunderschönen Ort mit faulem Obst und Misthaufen so weit das Auge reicht."
"Scheiße!"

Max wäre beinahe mit einer dummen Gans zusammengestoßen, die ihren Flugschein offenbar in der Lotterie gewonnen hatte. Max hatte so etwas überhaupt nicht.

"Scheiße natürlich auch! Aber nur für die Fliegen, die besonders gut waren in ihrem Leben auf der Erde. Für meinen Vater bestimmt."

"Für dich auch ?"

"Ich weiß nicht, ich bemühe mich ja, eine gute Fliege zu sein, aber immer wieder läuft irgendetwas verkehrt."

"Ach so, ich verstehe. Aber sag mal, findest du den ganzen Unrat nicht eklig?"

"Nein, ich und alle Fliegen lieben es und leben davon." Ich wollte dich in etwa einer Flugstunde auf einem Bauernhof zum Essen einladen. Da gibt es einen riesigen Misthaufen! So etwas Leckeres hast du noch nie gesehen!"

"Danke, Harry, ich habe schon gegessen", Max schluckte, "aber du kannst dich gerne bedienen."

Aus den Augenwinkeln hatte Max immer die vielen Wege im Blick, sie kreuzten sich oder überbrückten einander, sie verschwanden in Tunnels oder lösten sich in einem anderen Weg auf. Das Ganze wirkte wie ein riesiges Labyrinth.

So schnell wie sich die Wege am Anfang des Labyrinths geteilt hatten, so schnell fanden sie jetzt - nach beinahe zwei Stunden Flug wieder zusammen.

Max erkannte, dass es eigentlich nur ein Weg war, der allerdings viele verschiedene Verläufe hatte. Am Ende dieses Weges begann ein weiterer Wald. Die Bäume waren älter, als in dem ersten Wald, in dem Max unterwegs gewesen war, aber ihm schienen sie scheuer zu sein. Am Waldesrand auf einem Hügel stand ein großes Schloss mit vielen Türmen und Erkern.

Es war mit schwarzem Schiefer gedeckt und weiß gestrichen mit roten Fensterläden. Der Schlosspark war unermesslich schön angelegt und mit verschiedenen künstlichen Wasserläufen durchzogen. Pfauen stolzierten umher und Schwäne bevölkerten die Teiche, hier und da konnte man ein scheues Reh beobachten, wenn man sich ruhig verhielt.

Aber Harry hielt sich nicht auf, und Max wollte ihn nicht verlieren. Vor ihnen ragte ein Berg auf. Nicht so hoch wie zum Beispiel die Zugspitze, aber auch nicht nur ein Hügel.

Dieser Berg war dicht mit Fichten bestanden, selten nur konnte man den Boden sehen. Die Bäume waren mehr schwarz als grün. Alles in allem kein Ort, an dem Max unbedingt hätte landen wollen, zumal verschiedentlich unheimliche Geräusche aus dem Dunkel heraufdrangen.

Max war froh, als sie diese düstere Landschaft hinter sich ließen. Der folgende Bergkamm sah wesentlich freundlicher aus: Verstreute Wäldchen wechselten mit blumenbestreuten Wiesen ab und waren von plätschernden Bächlein durchzogen. Kaninchen bevölkerten die Grasflächen und aus einem Wäldchen tönte ein Käuzchen, das wohl zu früh erwacht war, wie Max vermutete.

Aber am Horizont stellte sich bereits der erste Sonnenuntergang des Tages ein. Wie weit sollte der Flug noch gehen?

Max war langsam müde, seine Schultern schmerzten. Das war nicht mehr nur der Muskelkater. Er blieb unbewusst etwas zurück.

Harry flog sofort zurück und versuchte Max zu motivieren: "Los komm, es bleibt nicht mehr viel Zeit. Deine Flügel werden nicht mehr lange halten. Hier sollten wir nicht landen."

"Wieso? Was gibt es Friedlicheres als Kaninchen?"

"Du kennst diese Kaninchen nicht. Schau mal genau hin!"

Inzwischen war es dunkel geworden. Max versuchte, etwas da unten zu erkennen, aber er sah nur wenig.

Manchmal bewegte sich ein Grasbüschel, aber scheinbar waren die Kaninchen alle ins Bettchen gegangen. Doch kurz darauf geschah etwas, das Maxens Bild von Kaninchen nachhaltig verändern sollte.

Wie auf Kommando entflammten überall auf dem Hang kleine Lagerfeuer. Sie erhellten das Szenario leidlich. Aber Max hätte lieber nicht gesehen, was sich ihm dort unten darbot. Er wollte wegsehen, war aber auch ungewollt fasziniert und gefesselt von dem Treiben, das sich knapp zwanzig Meter unter ihm abspielte.

Zunächst sah alles ganz harmlos aus, wie ein Sportwettkampf - Bundesjugendspiele bei den Kaninchen vielleicht.

Eine Gruppe alter Hasen saß um das größte Feuer und schwieg sich an. Als das Signal für das erste Rennen gegeben wurde, leckte sich einer von ihnen die Lippen, ein anderer schmatzte, ein dritter rieb sich den Bauch. Wieso, dachte sich Max, was haben Wettretten mit Essen zu tun?

Die gestarteten Kaninchen, ausnahmslos junge Tiere in der Blüte ihrer Jahre, rannten, als ginge es um ihr Leben.

Als der erste ins Ziel kam, legten die Nachzügler noch an Tempo zu. Der letzte, ein braunweiß gescheckts Langohr, brach beim Zieleinlauf in großes Wehklagen aus.

Max verstand nicht, wieso. Gut, er hatte ein Rennen verloren, aber das war doch kein Weltuntergang, dachte Max.

Doch kaum er hatte das gedacht, wurde er gewahr, wie sich eine Horde muskelbepackter Hasen um den unglücklichen Verlierer sammelte und - Max stockte der Atem - sie hieben mit ihren spitzen und scharfen Krallen auf den Unglückswurm ein.

Dieser schrie wie am Spieß, aber das half ihm gar nichts. Sie hörten nicht auf, bis er sich nicht mehr rührte.

Max hätte gerne geholfen, den Verlierer zu retten, aber er war wie gelähmt ob der Grausamkeit, mit der die eben noch so sanften und kuscheligen Kaninchen zu Werke gingen.

Außerdem hielt ihn Harry zurück: "Du kannst da nichts dagegen tun, und wenn du es versuchst, bringen sie dich auch um."

"Aber warum?" Max war entsetzt.

"Warum? Das weiß keiner so genau, am wenigsten sie selbst."

Harry versuchte zu erklären: "In jeder Vollmondnacht - und wie du weißt haben wir hier nur Vollmondnächte - veranstalten sie diese Wettrennen und der Verlierer wird verspeist von diesem erlauchten Kreis der Alten. Vielleicht wollen sie so die Schwachen und Kranken aussondern, wer weiß?"

Max war immer noch voller Mitleid für den Verlierer, der jetzt nicht mehr schrie wie am Spieß, der aber dafür Gelegenheit hatte zu erkunden, was das hieß 'am Spieß'.

"Komm weiter", drängte Harry, "sie werden noch einige Rennen mehr veranstalten und es wird noch mehr Tote geben. Ich wollte nicht, dass du dir das ansehen musst."

"Aber..."

"Komm, komm schon", Harrys Summen war jetzt sanft und Max fragte sich, wie eine Fliege, die sicherlich zwölf Jahre jünger war als er so viel Lebensweisheit aufbringen konnte.

"Wie alt bist du eigentlich, Harry?" fragte Max.

"Noch keine zwei Wochen."

Max war überrascht: "Keine zwei... Dann bist du offensichtlich keine Eintagsfliege - haha, dann wärst du nämlich jetzt schon seit zwei Wochen minus einem Tag tot. Hihi."

Max meinte es nicht böse, er musste nur seine Beklemmung auf Grund der Beobachtung von eben loswerden. Aber bei Harry stieß dieser Spaß nicht auf ein positives Echo: "Meine besten Freunde waren Eintagsfliegen. Es ist ein ständiger Abschied. Aber was weißt du schon!"

Eingeschnappt flog er weiter voraus, in sicherem Abstand zu Max. Offenbar musste er erst wieder mit sich selber ins Reine kommen. Max merkte schnell, dass er, was Redensarten über Fliegen und deren frühzeitiges Ableben betraf, sensibler sein musste.

Aber Harry war eine Fliege wie aus dem Bilderbuch. Schnelllebig, wenig nachtragend, und so hatten sie erst zwei weitere Berge überflogen, bevor er sich wieder zu Max zurückfallen ließ.

"Hi, Max, wie geht's dir? Du hängst ganz schön hinterher. Kein Wunder, dir fehlt der richtige Stil, aber den wirst du in den dir verbleibenden Stunden sowieso nicht lernen. So betrachtet hältst du dich ganz gut."

"Danke, Entschuldigung übrigens, dass ich vorhin so gedankenlos war."

"Schon gut", unterbrach ihn Harry, "kein Problem. Ich brauchte gerade nur etwas Stille. Du bist ein ganz schönes Plappermaul."

Das hatte Max noch keiner gesagt. Allgemein hielt sich hartnäckig die Ansicht in seiner Klasse, dass er schüchtern und verschlossen sei. Was er tatsächlich auch meistens war. Aber die Luft, erst im Palast, und jetzt im Märchenland, schien ihn gelockert zu haben und jetzt sagte Max sogar schon einmal etwas zu viel.

Das würde ihm später sicher weiterhelfen, wenn er diese neue Gabe in die Welt, wie wir sie kennen, mitnehmen konnte.

Sofern er jemals wieder in sein altes Leben zurückkehren könnte.

"Harry, ist es noch weit?"

Max hatte keine Lust mehr nur so im Dunkeln über Berge zu fliegen. Er wollte schlafen und etwas zu essen.

Harry beruhigte ihn: "Nicht mehr weit, dann sind wir da, da vorne, siehst du das Licht?"

"Ja, ich sehe es."

"Das ist der Bauernhof, von dem ich dir erzählt habe. Da gibt es den leckersten Mist im ganzen Märchenland."

"Mmh"

Max verzog sein Gesicht, aber Harry konnte das im Schwarz der Nacht nicht sehen. So konnte der Junge mit Schwung in ein riesiges Fettnäpfchen hinein- und genauso unbemerkt wieder herausspringen.

Harry setzte zur Landung an und stürzte sich gleich in den Misthaufen. Max konnte nicht verstehen, warum gerade dieser so exquisit sein sollte.

Er stank. Genau wie Misthaufen immer stanken. Aber Max verkniff sich eine Bemerkung darüber. Er landete ebenfalls. Neben dem Misthaufen, versteht sich, weit weniger elegant als Harry. Aber nach eingehender Prüfung konnte er keine schwerwiegenden Verletzungen entdecken. Während er noch seine Schultern lockerte, hörte er hinter sich ein bedrohliches Knurren. Max kannte dieses Geräusch nur zu gut: Deutsche Dogge, bösartig und angriffslustig.

Die Nachbarn hatten auch so einen Hund und der hatte Max schon mehr als einmal gejagt.

Max tat vorsichtig einige Schritte nach vorn, vom Hund weg und zuckte mit den Schultern.

"Harry! Komm weg hier, der will mich fressen!"

Aber Harry war so tief im Mist versunken, dass er nicht zu sehen war und er wahrscheinlich Max mit strohverstopften Ohren nicht hören konnte. Fliegen konnte die Dogge glücklicherweise nicht. Hoffentlich hielten Max` Flügel durch, bis er Harry gefunden und gebührenden Abstand zu Hund und Hof hatte. Harry tauchte kurz aus seiner Orgie auf.

"Los Max, bedien dich, es ist genug für alle da!"
"Warte Harry, ich kann nicht. Da ist ein gefährlicher Hund. Können wir nicht weiter zu deinen Freunden?"
"Ach Mensch! Du weißt hoffentlich um das Opfer, das ich für dich bringe. Für dich soll ich dieses reichlich gedeckte Büffet sausen lassen?"
"Ja, ja, lass uns abhauen!"
"Wie immer: die Fliege zieht Leine. Gehen wir!"
"Danke", Max war wirklich erleichtert.
Sie überflogen einen weiteren Berg, den sechsten auf ihrem Flug.
Sie setzten gerade zum siebten an, da bemerkte Max, wie der Schwung aus seinen Schultern verschwand und er rapide an Höhe verlor. Er ruderte wild mit Armen und Beinen, aber sein Sturz war nicht aufzuhalten.
Harry beobachtete das voll Schrecken, er versuchte, den Sturz zu bremsen, indem er versuchte, Max an den Haaren nach oben zu ziehen. Aber der gewichtige Max war für Harry eindeutig zu schwer.
Er konnte ihm nicht einmal ein Haar herausreißen.
So raste Max ungebremst gen Boden, genau wie bei einem Bungeesprung, nur ohne Seil.
Die Landung verlief verhältnismäßig glimpflich.
Außer einem gebrochenen Arm und einigen Abschürfungen und Prellungen war ihm nichts passiert.
Warum? Irgendein Waldbewohner hatte eine respektable Güllegrube angelegt und in dieser war Max gelandet.
Harry war entzückt über das Essen und Max versuchte sich aus dem Gestank zu lösen. Als er den Morast verlassen hatte, suchte er nach einer Gelegenheit, seinen Arm zu verarzten, der ihm ziemlich wehtat. Verglichen mit anderen Schmerzen, die er auf seinem Abenteuer aushalten musste, war es nicht ganz so schlimm.
Harry half, einen geraden Ast zu finden, den Max als Schiene anlegte. Dann kühlte er seinen Arm und einige der Prellungen in einem kleinen Teich, der nahebei lag.
"Mist" sagte Max.

"Stimmt", sagte Harry, "Mist, gar nicht mal so schlecht, der das angelegt hat, versteht sein Fach."

"Musst du immer nur ans Essen denken?"

Max tat empört, "ich habe Schmerzen!"

"Tu Moos drauf, das hilft."

"Und jetzt?"

"Jetzt müssen wir über den Berg klettern, um zu meinen Bekannten zu kommen. Wenn die nicht wissen, wo du deinen Komischen findest, wer dann?"

"Kann ich nicht einfach die Auskunft anrufen oder im Lexikon nachschlagen?"

"So etwas gibt es hier nicht. Als letzten Ausweg kann ich dir nur noch den 'Turm der Dichter' nennen. Dort kannst du alles erfahren, aber es ist überhaupt nicht leicht dorthin zu finden, vor allem, weil keiner weiß, wo er steht. Versuch es lieber mit echten Leuten und Häusern. Viele sagen, dieser Turm sei nur ein Mythos. Ich kenne keinen, der ihn je gesehen hat. Aber es gibt immer wieder Spinner, die es behaupten und fest daran glauben."

"Also glaubst du auch nicht an diesen Turm?"

"Nein. Das heißt, ich glaubte mal daran als ich noch eine kleine Larve war. Meine Mutter hat uns Kindern immer davon erzählt. Sie glaubte ganz fest daran, glaube ich."

"Und warum hältst du einen solchen Turm für unmöglich?"

"Für unmöglich halte ich ihn ja gar nicht. Ich glaube nur nicht daran. Mama hat immer gesagt, der Turm stünde gleich um die Ecke".

"Wie das?"

"Wenn man an ihn glaubt, dann ist einem der Turm ganz nah. Sonst kann man ihn nicht finden."

"Und du glaubst wirklich, der 'Turm der Dichter' bietet Antwort auf alle meine Fragen?"

"Wenn es ihn gibt, dann tut er das sicherlich."

"Weiß er auch, wo ich den Komischen finde und was ich mit dem tun soll?"

"Das weiß ich nicht. Aber vielleicht können dir meine Freunde weiterhelfen..."

"Die hinter dem Berg?"

"Genau die. Wie geht es deinem Arm?"

"Geht schon. Er tut mir fast nicht mehr weh. Ich denke, ich habe das ganz gut hingekriegt mit der Schiene."

"Stimmt, sieht gut aus. Ich hätte das nicht besser hinbekommen."

"Danke, und was jetzt?"

"Ab über den Berg!"

"Aber es wird doch schon dunkel, lass uns lieber hier bleiben."

"Keine Angst, ich bin doch bei dir", Harry spannte seine Fliegenmuskeln an Muskeln an, was einen absolut nicht sichtbares Ergebnis zeigte.

Nachdem sich Harry satt gegessen hatte begannen sie mit dem Aufstieg.

"Ein echter Geheimtipp, dieser Misthaufen!" schwelgte die Fliege.

Max versuchte, sich mit ein paar Beeren notdürftig zu verpflegen, die sie im Wald fanden.

Dieser siebte Berg war anders, als alles, was Max an Bergen bisher gesehen hatte: einladend und zugleich abwehrend, sanft und dennoch steil, still und gleichzeitig von einem stetig drohenden Grummeln erfüllt.

Harry störte das wenig, er musste nicht befürchten, jeden Moment von der Erde verschlungen zu werden.

Aber Max war die ganze Gegend mehr als unheimlich und die Nebelfetzen und Spinnweben in den Zweigen der toten Bäume waren auch nicht dazu angetan, seine Bedenken zu zerstreuen.

Nirgends gab es Gras oder sonstiges frisches Grün.

Vor Harry, einer Fliege, seine Angst offen zuzugeben, dazu fehlte dem Jungen der Mut.

Harry merkte auch so, dass seiner Begleitung die Muffe ging.

"Keine Angst, Max!" rief er. "Ich bin doch da."

Der Angesprochene lächelte gequält. Sicher, Harry meinte es gut, aber eine Fliege als Beschützer schien Max wenig hilfreich. Trotzdem riss er sich am Riemen und kletterte weiter. Er fühlte sich beobachtet und sah sich immer wieder misstrauisch um.

Harry flog voraus und prüfte, ob die Luft rein war. Zumindest kann mich jetzt nicht überraschend jemand anfallen, dachte Max und war über die Begleitung der Fliege schließlich doch ganz dankbar.
Nach einer Weile des Aufstiegs verlangte es Max nach einer Pause. Harry stimmte zu und sie lagerten sich unter einer großen alten Eiche, abgestorben, wie der gesamte Wald. Sie schien ihnen noch am verrauenswürdigsten von den umstehenden Gehölzen.
Nach kurzer Rast begannen sie ihren Aufstieg von neuem. Max kam die Gegend bekannt vor, aber in einem abgestorbenen Wald sieht jeder Baum für das ungeübte Auge gleich aus. Also machten sich die beiden keine großen Gedanken darüber.
Als jedoch der Tag verstrich und sie immer noch nicht den Gipfelkamm erreicht hatten, machte sich langsam doch ein ungutes Gefühl bei Max breit. Auch Harry war beunruhigt.
Vielleicht waren die vielen Pausen, die sie gemacht hatten, ein Fehler?
Aus Max sprach eine Mischung aus Resignation und Wut: „Harry, wo hast du uns nur hingeführt? Sollen wir unser restliches Leben damit verbringen, diesen unbezwingbaren Berg zu besteigen? Lass uns außen herum gehen!"
„Das geht nicht", erwiderte Harry kleinlaut, „um diesen Berg kann man nicht herum gehen oder fliegen, jedenfalls sagen das meine Ahnen."
„Deine Ahnen! Und die waren schon einmal hier? Dass ich nicht lache. Ich glaube, du bist ein Hochstapler, Harry. Was hast du mir bisher genutzt? Du bist doch nur auf der Suche nach dem nächsten Misthaufen. Das ist dein ganzer Lebensinhalt. Warum auch nicht? Ich jedenfalls gehe alleine weiter. Du hältst mich nur auf."
Max musste sich einfach mal Luft machen, aber kaum hatte er seine Rede beendet, tat ihm das Gesagte Leid.
"Entschuldige, Harry, mir sind eben die Nerven durchgegangen. Ich habe es nicht so gemeint."

Harry reagierte zunächst nicht, aber dann warf er sich in die Brust und verkündete: „Nicht so gemeint? Wir Fliegen haben auch unseren Stolz. Wäre ich nicht an den Ehrenkodex der Stubenfliegen gebunden, könntest du jetzt sehen wo du bleibst. Aber ..."

„Aber?" „Ich muss dir helfen, denn sonst komme ich nicht in den Fliegenhimmel. Na ja, es gibt schlimmeres als einen Fleischklops durch die Gegend zu rollen. Gehen wir weiter!"

Max beschloss die Bemerkung mit dem Fleischklops zu ignorieren. Um sich aufzuregen, war er zu erschöpft.

„Gehen wir weiter!" sagte er, mehr zu sich selbst als zu Harry, der offensichtlich vor Energie nur so strotzte, „keine Pausen mehr."

„Keine Pausen mehr bis wir da sind", bestätigte die Fliege, „und wenn wir dabei tot umfallen."

Tatsächlich kamen sie nach einem anstrengenden Aufstieg auf dem Bergkamm an. Jetzt konnte es nicht mehr schwierig sein. Den Aufstieg hatten sie schließlich hinter sich. Bergab geht es bekanntlich immer leichter. Aber weit gefehlt!

Der Abstieg war tückisch glatt und manchmal unpassierbar steil, so dass sie einen großen Umweg machen mussten und teilweise sogar den Berg wieder ein Stück hinauf stiegen.

Nach einigen Stunden betraten sie eine weite Ebene, auf der nur vereinzelt Bäume standen. Fremdartige Gewächse waren das, schlank mit kugelförmigen Auswüchsen an den Ästen. Ob das ihre Früchte waren, konnte man nicht erkennen, nur vermuten. Auch die Farbe der Bäume war höchstens zu erahnen, denn die Dämmerung war schon weit fortgeschritten.

Harry flog voraus. Max folgte ihm vorsichtig zu Fuß. Der Boden war weich, mit Moos bewachsen, und lud zum Verweilen ein.

„Nicht stehen bleiben, Max!"

Im selben Augenblick hörte Max ein Zischen, wie wenn ein Pfeil direkt an seinem Ohr vorbei geflogen wäre.

Genauso war es auch. In dem Baumstamm, vor dem er gerade stand, zitterte noch etwas, das aussah wie ein Kienspan. Max kam nicht dazu, dieses Phänomen genauer zu untersuchen, denn postwendend flog ein zweiter Pfeil.

Allerdings nicht auf Max zu, sondern von ihm weg.

„Was ist das?" fragte Max ängstlich.

„Nicht bewegen, Max," zischte Harry aufgeregt. "Das sind Pfeilgiftbäume, wenn sie dich treffen, bist du tot!"

"Und wenn ich mich ganz ruhig verhalte?"

"Merkst du nicht, dass die Pfeile dir immer näher kommen? Sicher haben sie dich schon gewittert. Es mag erst ein Nachbarschaftsstreit unter Bäumen gewesen sein, aber jetzt sind sie auf der Jagd. Nach dir!"

Jagende Bäume? Max verstand die Welt nicht mehr, aber er war bereit, alles zu tun, um dieser Bedrohung lebend zu entkommen.

"Auf drei lässt du dich zur Seite fallen", riet Harry und begann zu zählen: "Eins, zwei, dr..."

Max ließ sich fallen, einen Augenblick zu früh oder zu spät. Eines der Geschosse streifte ihn am Arm. Max machte sich darüber keine Gedanken, denn es schmerzte kaum.

Kein Wunder, es war ein Betäubungsgift, dass die Bäume verschossen. Sie selbst waren dagegen immun, aber auf ihre Beute wirkte das Gemisch meist tödlich, wenn nicht umgehend Gegenmaßnahmen ergriffen wurden.

"Weg hier! Aussaugen!" Harry war in höchster Aufregung begriffen und trieb Max weg von den mordlüsternen Bäumen.

Harry trieb zu höchster Eile an, aber Max machte sich keine Sorgen, er war nur müde, er fühlte sich schwach und lustlos. Das war die Wirkung des Pfeilgiftes, und wenn man nichts dagegen unternahm, würde es zu einem tiefen Schlummer führen, der schließlich in den Tod mündete.

Max war geradezu lethargisch, ihm war alles egal. Nur schlafen wollte er, schlafen, schlafen. Er ließ sich auf seine Knie nieder und rollte sich zur Seite. Zum Glück auf seinen gebrochenen Arm, denn der stechende Schmerz machte ihn wieder wach. Max stöhnte auf und Harry nutzte die Gelegenheit, Max darauf hinzuweisen, dass er versuchen solle, das Gift auszusaugen.

Glücklicherweise konnte Max die Wunde am Unterarm leicht erreichen, denn Harry wäre nur schwerlich in der Lage gewesen, einen übergewichtigen Jungen auszusaugen.

„Komm zu mir, ich werde dich aussaugen!" tönte eine heißere Stimme aus dem Dickicht. Sie klang nach Grab und Moder. Aber wer konnte das sein? Wer sollte in diesem feindlichen Wald Max etwas Gutes tun wollen?

Harry flog vorsichtig als Späher in das Gebüsch und kam mit erschrecktem Gesicht zurück. „Max, geh da bloß nicht hinein. Da ist ein Vampirbaum. Diese Bäume saugen Lebewesen das Blut aus, aber nicht um sie zu retten, sondern um sie zu töten!"

Der Baum, der diese Warnung mitgekriegt hatte, mischte sich ein: „Und wenn ich verspreche, nur das Gift auszusaugen? Mir macht das nichts aus, aber für ihn ist es mit Sicherheit tödlich."

„Kann man dir trauen?"

„Ich glaube, er hat keine Wahl."

Max beschloss, es darauf ankommen zu lassen, aber eigentlich war ihm schon wieder alles einerlei. Der Schmerz in seinem Arm war jetzt auch nicht mehr so präsent. Max kroch in das Gebüsch, wo er eine Liege vorfand, wie man das aus Krankenhäusern und Behandlungszimmern kennt. Dankbar legte er sich darauf.

Von einem Arzt oder einer Schwester war keine Spur zu sehen, aber ein großer schwarzer Baum, den Max, wäre er bei vollem Bewusstsein gewesen, sicher als bedrohlich empfunden hätte, stand neben der Trage und blickte ihn mitleidig (oder mordlüstern?) an.

Max fühlte sich auf der Liege geborgen. Nach langer Zeit endlich wieder in einem Bett zu liegen, das machte Max so glücklich, dass er die lauernde Gefahr ganz vergaß. Und wir wollen auch nicht die zunehmende Wirkung des Betäubungsgiftes vergessen.

Der Baum beugte sich über Max und streichelte ihn übers Gesicht. „Oberkörper bitte frei machen!" sagte er im Schwesternton.

Max kam dem gerne nach auch wenn es eine große Anstrengung für ihn bedeutete und der Baum betastete ihn von den Schultern bis zum Bauch. Das kitzelte manchmal, aber Max fühlte sich ziemlich wohl dabei, obwohl er sich wunderte, was der Baum am Bauch machte, schließlich war die Wunde am Arm.

„Du wunderst dich vielleicht, warum ich mich nicht um deinen Arm kümmere," sagte der Baum. „Ich muss mich darüber vergewissern, wie weit das Gift schon vorgedrungen ist, damit ich die entsprechende Therapieform einleiten kann."

Offensichtlich meinte der Baum es ernst mit seinem Hilfsangebot. Jedenfalls schien er fachlich geeignet zu sein und kein Quacksalber, wie man das gerade unter Bäumen so häufig antrifft.

Als der Baumdoktor mit seiner Untersuchung fertig war, fuhr er drei seiner spitzen Äste aus und bohrte sie in Maxens Arm, direkt neben der Wunde, in seinen Bauch, etwa zwei Zentimeter neben seinem Bauchnabel und in seine Brust, direkt über dem Brustbein. Es schmerzte Max weit weniger, als es sich anhört, denn er war durch das Pfeilgift weitestgehend betäubt und die Äste waren spitz und dünn, wie eine Spritze.

Der Baum sog das Gift heraus und noch viel mehr. Harry sah entsetzt, wie der vormals so rosige Max immer bleicher wurde.

„Hör auf, du bringst ihn noch um!"

„Ruhe, ich muss ihm alles Blut entnehmen, denn es ist gänzlich vergiftet."

„Aber dann stirbt er!"

„Er stirbt so oder so, aber vielleicht kann ich ihn mit einer Transfusion wieder zum Leben erwecken."

„Vielleicht?"

„Vielleicht!"

Harry war den Tränen nahe, hätte er Max nur nicht den Tipp mit dem Vampirbaum gegeben! Aber gegen den Baum konnte er nichts ausrichten. Er konnte nur hoffen, warten und beten. Max lag friedlich da, ein Lächeln umspielte sein Gesicht, aber er war zweifellos tot.

Harry hatte sich schon zu sehr an die Gesellschaft von Max gewöhnt. anderenfalls wäre ihm der Abschied nicht so schwer gefallen.

„Ich hatte nicht einmal Zeit, mich von ihm zu verabschieden," murmelte er leise, aber der Doktorbaum wiegelte ab: „Noch ist nicht alles verloren, in fünfzig Prozent der Fälle kann ich Pfeilgift-Patienten heilen."

Das genügte Harry nicht: „Und was ist mit der andern Hälfte?"
„Nun ja, die andere Hälfte schläft entweder bis zu ihrem Tod oder sie erwachen wieder zum Leben, allerdings ganz anders, als sie vor ihrem Ableben waren."
„Du meinst sie werden Zombies?"
"Nein, das natürlich nicht, obwohl es wohl besser wäre"
„Was geschieht dann? Was könnte schlimmer sein als ein Untoter zu sein?"
"Du bist noch jung, du kannst das natürlich nicht wissen."
„Bitte spann mich nicht länger auf die Folter."
"Sie benehmen sich wie Babys, manche nur für ein paar Tage, manche für den Rest ihres Lebens."
„Das ist doch nicht so schlimm! Du hast mir vielleicht Angst eingejagt, dabei passiert doch gar nichts Schlimmes."
„Denkst du! Aber diese Babys schreien den ganzen Tag und die ganze Nacht ohne Luft zu holen. Manch eines ist schon geplatzt. Meistens bekommt das aber keiner mit, weil alle schon nach kurzer Zeit die Flucht ergreifen ob des Gebrülls. Aber wer dieses Jammern und Klagen einmal gehört hat, bekommt es nie wieder aus dem Kopf. Die meisten Zuhörer werden wahnsinnig. "

Der Baum zog seine Äste aus Max heraus, die Wunden vernarbten sofort, viel blieb nicht zurück von den Einstichstellen.
Anschließend bewegte der Vampirbaum drei andere Äste, die ebenso geformt waren wie die, die Max leer gesaugt hatten, und stieß sie in den erkaltenden Körper hinein. Harry erschauerte und bemerkte trotz der gruseligen Frankenstein-Atmosphäre, dass die Äste Max am jeweils entgegen gesetzten Ort stachen.
War vorhin der verletzte Arm In Behandlung gewesen, kam nun der unverletzte dran und statt zwei Zentimeter rechts neben dem Bauchnabel piekste zwei Zentimeter links davon. Statt dem Brustbein nahm sich der Baum die Wirbelsäule vor. Um besser daran zu gelangen, hob er Max vorsichtig in eine Sitzposition. Max ließ geduldig alles mit sich machen, aber da er tot war, war das auch kein Wunder.

Harry war zu sehr in seine Trauerarbeit versunken, als dass er gemerkt hätte, wie sich langsam die Wagen seines menschlichen Freundes röteten.

Erst als Max ein leises Röcheln verlauten ließ, wurde Harry aufmerksam. Nun, da Max langsam, sehr langsam wieder zu sich selbst kam, war Harry völlig aus dem Häuschen.

Er surrte um den Baum herum und abwechselnd hin und her zwischen Max und seinem Retter. Max war nun fast wieder vollständig hergestellt, aber der Baum sah alles andere als gesund und gut aus.

Er glich immer mehr Max in seinem Todesschlaf. Je besser es Max ging, desto schlechter schien es dem Vampirbaum zu gehen.

„Stirbst du?" fragte Harry vorsichtig, aber doch deutlich entsetzt.

„Ja", antwortete der Baum geschwächt, „natürlich. Wir können nur Leben retten, indem wir unseres geben."

„Danke, dass du Max gerettet hast." „Ich habe ihn noch nicht gerettet, das Schlimmste kommt erst noch. Wenn ich tot bin, verbrennt mich bitte." Mit diesen Worten sank der Lebensretter in sich zusammen.

Harry war jetzt nur auf sich gestellt. Mit der Hilfe des noch zwischen Dämmer und Aufwachen schwankenden Max konnte er vorerst noch nicht rechnen.

"Hallo Harry". nuschelte dieser kaum verständlich, "wo bin ich?"

"Du bist am Leben, das ist doch die Hauptsache!" versetzte Harry eilfertig.

Es war noch mindestens ein halber Tag bis zur Hütte von Harrys Freunden. Die Fliege überlegte, ob sie den Weg dem immer noch ziemlich geschwächten Max zumuten könne. Der erholte sich jedoch von Augenblick zu Augenblick mehr, wurde wieder ganz er selbst. So schien es jedenfalls.

"Max, du musst den Baum verbrennen, das war sein letzter Wunsch."

"Aber wieso?"

"Das ist wohl so Sitte bei Bäumen seiner Art."

"Hast du ein Feuerzeug dabei?"

"Nein, wir Fliegen ernähren uns nur von rohen Speisen, wieso?"
"Wie bitte soll ich dann Feuer machen? Häh?"
Max klang ungeduldig und genervt, mehr als er das vor seinem Tod je gewesen wäre. Ob das ein Teil der ‚viel schlimmeren' Folgen waren, von denen der Baum gesprochen hatte?
Harry versuchte diplomatisch zu sein: "Ich habe das früher mal gesehen. Da hat ein Mann mit einem Stöckchen in einem Ast gebohrt. Plötzlich kam da Feuer heraus."
"Was du schon immer früher mal gesehen hast. Mir geht deine ewige Besserwisserei sowieso schon lange auf den Geist. Mach doch selber Feuer!"
Harry lies sich nicht einschüchtern: "Wer wurde denn von dem Baum gerettet? Du oder ich?"
Max wurde kleinlaut: "Ich, entschuldige Harry. Ich weiß gar nicht, was mit mir los ist. Ich habe ein Gefühl, als müsste ich heulen, bis mir die Luft wegbleibt. Aber dafür bin ich doch schon zu alt. Außerdem möchte ich lachen, dass der ganze Wald erschüttert wird und schreien, bis mir das Trommelfell platzt. Ich fühle tiefe Liebe in mir und zugleich abgrundtiefen Hass. Nicht auf jemand bestimmten. Es ist einfach ein Gefühl. Alles geht durcheinander: Freude, Trauer, Angst, Mut, Kraft, Schwäche.
Ach Harry, das kann doch nicht ewig so weiter gehen. Ich könnte jemanden umbringen. Ich muss jemanden umbringen."
Er schritt auf Harry zu, der sich zu fürchten begann. Das waren also die Folgen! Totale Bewusstseinsspaltung, die Unfähigkeit, seiner Gefühle Herr zu werden. Max kam näher, Harry erwartete einen weiteren plötzlichen Gefühlsumschwung.
Der kam auch, Max begann zu weinen, erst leise und schließlich wuchs es sich zu einem Geheul aus, dass sämtliche Tiere und Bäume die Flucht ergriffen hätten, wenn im toten Wald welche gelebt hätten.
Nur Harry harrte aus. Als der Weinkrampf nachließ, stammelte Max: "Harry, komm her. Ich bin jetzt wieder ganz klar im Kopf."
Harry sah nicht das listige Funkeln in den Augen seines Freundes. Das wurde ihm zum Verhängnis.

Max schlug einmal kurz zu, und Harry war einmal der Sohn einer berühmten Kunstflieger-Fliege gewesen.

Sofort tat es Max Leid, er versuchte eine Herzmassage, aber alles war umsonst. Das Gefühl, einen Freund und Weggefährten getötet zu haben, überstieg alles, was Max bisher gefühlt hatte.

Selbst in seinem Gefühlsrausch, auf den der Mord gefolgt war, waren die Empfindungen schwach und oberflächlich gegen dieses Gefühl von Scham und Reue, dass sich jetzt in Max ausbreitete und keinen Raum mehr lies für andere Gemütsregungen als tiefe Trauer.

"Ich bin ein Mörder."

Max konnte es nicht fassen. So viele gemeinsame Stunden hatten sie durchlebt, so mancher Gefahr ins Auge gesehen, und jetzt war die tapferste Fliege, die Max je gekannt hatte, tot.

Hoffentlich auf jenem Misthaufen im Jenseits, von dem Harry geträumt hatte.

Bestimmt war er dort.

Harry war eine gute Fliege gewesen. Meistens, nein, immer hilfreich und gut. Und edel.

Max trauerte lange um Harry, er war wie gelähmt.

Als die erste Dämmerung des Tages einsetzte und es kühler wurde, raffte er sich auf und hob mit den Fingern ein kleines Grab für den platt gedrückten Harry aus.

Max versuchte, ihm wieder etwas von seiner Fliegengestalt zurückzugeben, aber als der erste Flügel abbrach, unterließ er weitere Versuche in dieser Richtung.

Er bettete Harry bequem auf Blüten und bedeckte ihn mit Erde.

Auf den kaum wahrnehmbaren Hügel pflanzte er ein kleines Kreuz aus einigen trockenen Ästen, die er mit einem Faden aus seinem Anzug verknüpfte. Er wusste nicht, ob es Harry etwas bedeutete, ob so etwas für Fliegen überhaupt wichtig war. Aber auf Friedhöfen standen immer Kreuze und Harry hatte einen Friedhof verdient.

Die Schönste im ganzen Land

Max fröstelte. Mittlerweile war es so dunkel geworden, dass man kaum die Hand vor Augen sehen konnte. Max erinnerte sich an den Wunsch seines Retters und begann, zwei trockene Äste aneinander zu reiben, erst zögernd, dann intensiver.

Nicht lange und eine zarte Rauchfahne bahnte sich ihren Weg gen Himmel. Max blies vorsichtig, wie er das aus diversen Indianerfilmen kannte in die entstehende Glut und hatte bald ein kleines Feuerchen entfacht.

Er nahm einen brennenden Ast und hielt ihn an den toten Baum, der sofort in Flammen stand.

Keinerlei Feuchtigkeit war mehr in dem einst so stattlichen Gewächs. Obwohl er ihn nicht persönlich kannte, fühlte sich Max auch ihm auf seltsame Weise verbunden und betrauerte sein Dahinscheiden.

Nach wenigen Minuten war alles vorbei, das Feuer erstarb und nur ein kleines Häuflein Asche blieb zurück. Max saß sinnend vor den Resten seines Retters, da bewegte sich die Asche leicht. Max beobachtete aufmerksam, was vor sich ging.

Der kleine Aschehaufen wurde größer und größer bis er Max überragte. Ein gurrendes Geräusch brach sich Bahn und lies das formlose Gebilde vibrieren. Ein Flügel, bunt wie der Regenbogen, zierlich und gewaltig schoss aus der Seite des Hügels, kurz darauf ein zweiter. Schließlich entsprang ein Vogelkopf der Spitze der Asche, mit einem goldenen Schnabel, mit silbernen Federn und diamantenen Aufsätzen. Max war überwältigt. Solche Schönheit kann man nicht beschreiben, aber sie brannte sich tief in Max' Gedächtnis ein.

Der Vogel schien von Innen heraus zu leuchten, denn die Nacht war jetzt taghell und flirrte in den unwahrscheinlichsten Farben und Formen. Max vergaß sogar seine Trauer um Harry und tanzte fröhlich um den Vogel herum, bis ihn dieser bat, sich zu beruhigen. "Max, wie ich sehe, bist du wieder auf den Beinen Danke, dass du mich verbrannt hast." "Ich habe dich nicht verbrannt", Max verstand nicht, was das schöne Tier meinte.

"Ich war der Vampirbaum, der dir das Leben gerettet hat, und musste dafür sterben."

"Aber wieso?"

"Keine Ahnung, aber sieh, was ich geworden bin! Es ist das Ziel aller Vampirbäume zu solch prächtigen Geschöpfen zu werden, wie ich es jetzt bin. Leider meiden die Leute angstvoll unsere Dienste, deshalb funktioniert es nur selten. Aber du kamst mir gerade recht."

"Harry ist tot."

"Harry? Dein kleiner Fliegenfreund, richtig? So eine tapfere Fliege habe ich nie vorher gesehen. Wie ist er gestorben?"

"Ich habe ihn erschlagen."

"So? Eine Nebenwirkung meiner Kur offensichtlich. Das tut mir Leid. Aber er war ja nur eine Fliege."

"Sind Fliegen etwa weniger wert?"

"Kommt darauf an, ob man sie persönlich kennt oder nicht. Du hast sicher auch früher schon Fliegen erschlagen, oder?"

"Ja, aber die kannte ich doch nicht."

"Siehst du. Wenn du jemanden tötest, den du eigentlich magst, ist die Sache ganz anders gelagert. Aber ich muss mich jetzt ausprobieren, soll ich dich irgendwohin mitnehmen? Fliegen wollte ich immer schon."

"Wenn es keine Umstände macht, Harry und ich wollten zu einem kleinen Haus im Tal, wo Freunde von ihm wohnen. Kannst du mich dahin bringen? Ich glaube, ich bin noch nicht so gut zu Fuß."

"Kein Problem, ich bring dich hin."

"Passieren solche Ausbrüche, wie vorhin, als ich… Harry tötete", Max schluckte, "passieren die wieder?"

"Ich denke nicht, Harrys Tod war für dich ein solcher Schock, dass sollte dich geheilt haben. Aber ganz sicher sein kann man nie."

Max kletterte auf den Rücken des Vogels, der mindestens die Maße einer ausgewachsenen Kuh hatte, und los ging der Flug.

Erst war der Ex-Baum etwas unsicher, aber bald hatte er den Bogen raus und Max konnte den lautlosen Flug durch die Nacht genießen.

Der Morgen dämmerte zart in bunten Farben, als der bunte Vogel Max vor einem schnuckeligen kleinen Häuschen absetzte, das an einem beschaulichen Bächlein gelegen war.

Max war beeindruckt und angetan von dieser Behausung.

Der Phönix, dem diese Liegenschaft ebenfalls unbekannt war, staunte nicht schlecht, kannte er doch aus eigener Anschauung nur tote und sterbende Bäume und Pflanzen.

Künstliche Bauten hatte er bisher nicht gesehen.

Der Junge war zwar unbefangener, aber auch er wusste nicht, wie er von Harrys Freunden aufgenommen werden würde.

Vorsichtig begab er sich zur Türe und klopfte an.

Kein Freundliches 'Herein' ertönte. Nicht ein Geräusch drang aus dem Inneren des Häuschens. Max überlegte, ob er es wagen konnte, trotzdem einzutreten.

Wahrscheinlich war der Eingang ohnehin blockiert, aber ein Versuch kostete nichts. Die Türe gab bereitwillig nach und öffnete den Blick in eine gemütliche Wohnstube. Das Zimmer wirkte einladend und Max trat ein.

Der Phönix hatte sich schon vorher verabschiedet, er wollte seine neuen Möglichkeiten auskosten und die Eingangstüre war sowieso zu eng für so einen riesigen Vogel.

Max sah sich staunend um. Alles hier war siebenmal vorhanden, um den Tisch herum standen sieben Stühle vor sieben Gedecken mit Teller, Messer, Gabel, Nachtischlöffel und jeweils einem großen Becher.

Alles war kleiner, als Max es gewohnt war, nicht ganz halb so groß, etwa ein Drittel kleiner. Max fragte sich, wer so kleines Geschirr brauchte, kam aber bald auf den Gedanken, das Haus noch weiter zu durchstöbern. Vielleicht ließ sich dadurch ein Hinweis auf die Bewohner finden.

Er ging vorsichtig die knarrende Treppe hinauf, immer zwei Stufen auf einmal, was er zu Hause nur unter größter Anstrengung geschafft hatte, aber hier geschah es wie von selbst. Oben angekommen stand er in einem Schlafsaal, der ihn an eine Jugendherberge erinnerte, nur dass die Betten hier kleiner waren.

Für Max hätten sie trotzdem gerade ausgereicht.

Sieben Betten standen da, was Max kaum überraschte. Er hätte sich gerne in eines der flauschigen Federbetten gekuschelt, aber da er die Besitzer nicht kannte, hielt er es doch für besser, in die Wohnstube zurückzukehren. Er stieg also die Treppe wieder hinunter, stolperte auf der dritten Stufe von oben und rollte den restlichen Weg hinunter, was ihn weit weniger schmerzte, als er gedacht hätte.

Durch das Bad im Teich und die Wiederbelebung durch den Phönix, vormals Vampirbaum, schien Max jetzt nichts mehr verletzen zu können. Das war gut so, denn ein Ende der Reise war nicht abzusehen und es war ungewiss, welchen gefährlichen Gestalten er noch begegnen würde.

Max betrachtete staunend eine große Wanduhr, die beinahe die gesamte Stirnseite der Stube ausfüllte, sie ließ nur Platz für ein kleines Fenster daneben. In der auf klein getrimmten Gesellschaft der restlichen Einrichtung wirkte sie völlig fehl am Platz.

Sie war sehr kunstvoll gearbeitet, mit Einlegearbeiten aus Spiegelchen und Glasperlen verziert.

Ein lauter Gong ertönte. Max schrak zusammen, erkannte aber sogleich, dass das nur der Schlag zur Mittagsstunde gewesen war.

Er öffnete den Uhrenkasten, um sich das Werk genauer betrachten zu können. Fasziniert bestaunte er die Hunderten von kleinen und größeren Zahnrädern, die sich in gleichmäßigem Takt gegen- und miteinander drehten. Max war wie gebannt von diesem technischen Wunder. Plötzlich klopfte es an der Türe. Noch ein Fremder?

Die Bewohner des Hauses klopften wohl kaum an ihre eigene Türe. Max sprang in den Uhrenkasten und schloss leise die Türe hinter sich, durch eine hohe Glasscheibe beobachtete er, wie sich ein hübsches Mädchen vorsichtig in die Stube drückte.

"Hallo, ist da jemand? Ich will auch gar nicht stören."

Max hielt den Atem an, diese junge Frau war das schönste Wesen, das er je erblickt hatte, jedenfalls machte sie Aliena ernsthaft Konkurrenz: Haar schwarz wie Ebenholz, Haut weiß wie Schnee und Lippen rot wie Blut und alles gekleidet in ein total unmodische und noch dazu völlig zerschlissenes Kleid.

Beinahe wäre er aus dem Uhrenkasten gesprungen und hätte dieser überirdischen Schönheit seine ewige Liebe gestanden. Gerade noch rechtzeitig erinnerte er sich aber seines letzten Versuchs, in ein Märchen einzugreifen.

Der hatte im feuchten Verlies des ehemaligen Frosches Chamisso geendet. Ein weiteres Erlebnis dieser Art wollte Max vermeiden, denn die letzte ungewöhnlich schöne Frau hatte ihn über Umwege in Kettenhaft gebracht. Alles das nur wegen dieses dämlichen goldenen Balls.

Nein, einen solchen Fehler wollte er nicht wiederholen. Max konnte seine Augen nicht von dem schönen Fräulein wenden, sah aber mit Genugtuung und einer ihm bisher völlig unbekannten Begierde, wie sie grazil die Stufen zum Obergeschoss emporstieg.

Er beobachtet angespannt jeden ihrer Schritte, jeden Schwung ihrer Hüfte und das Wippen ihres Pos. Als sie nicht mehr zu sehen war ließ er die angehaltene Luft ausströmen, die Scheibe beschlug sofort und Max trat vorsichtig hinaus in den Raum.

Von oben hörte er das Knarren eines Bettes, als würde es sich jemand darauf bequem machen. Max hatte vollstes Verständnis dafür, das Mädchen hatte sehr gehetzt und erschöpft gewirkt, als es hereingekommen war. Max wollte noch einen Moment warten, dann ebenfalls erneut hinaufsteigen und sie ein letztes Mal betrachten.

Danach plante er, dieses gemütliche Domizil zu verlassen. Mittlerweile war ihm klar geworden, dass er nicht auf ein herzliches Willkommen rechnen durfte, nachdem er hier ungefragt eingedrungen war.

Der Mord an Harry kam erschwerend hinzu, und es waren sieben Wesen, die ihm sicher überlegen waren. Vorsichtig erklomm Max die Stufen zum ersten Stock, wieder stockte ihm der Atem.

Da lag sie. Hingebreitet über drei Betten, denn sie war zu groß für nur eines. Sie schlief ruhig und war im Schlaf noch bezaubernder als im wachen Zustand. Max konnte nicht anders, er musste neben sie treten und ihr einen zarten Kuss auf die Stirne hauchen.

Er war aufgeregt, nie zuvor hatte er ein Mädchen geküsst, schon gar keines von solch vollkommener Schönheit. Ihr ramponiertes Kleid war unter drei Bettdecken verschwunden und die reinen Laken unterstrichen ihre Anmut und den Eindruck von Unschuld. Max erschrak über seine eigene Courage und trat eilig zurück. Dabei knarrte eine Diele und er stürmte erschrocken die Treppe hinunter.

Vor dem Haus machte sich ein kleiner Tumult bemerkbar. Max bekam es mit der Angst zu tun.

"Was tue ich jetzt nur?"

Die Lage schien ausweglos zu sein. Oben die Wunderbare, Max schluckte, und draußen eine Bande, von der man nicht wusste, womit man rechnen musste.

Max hatte sich mittlerweile angewöhnt, mit allem und vor allem mit dem Schlimmsten zu rechnen. Als letzten Ausweg sah er wieder einen Sprung in den Uhrenkasten.

Keinen Moment zu spät, denn die Türe öffnete sich und herein kamen kleine Männer, einer nach dem anderen. Sie unterhielten sich und scherzten und waren allesamt sehr schmutzig, als hätten sie den Vormittag damit verbracht, im Schlamm zu spielen.

"Jetzt eine heiße Dusche!" rief der größte von ihnen.

Er hatte einen roten Bart und ebensolche Haare und war wohl der Anführer.

"Ein Königreich für mein Bett!" bot der nächste.

"Nichts da, Faulpelz! Erst wird geduscht, wer muss denn das Haus wieder saubermachen? Ich nämlich."

Der das gesagt hatte sah recht missmutig drein.

"Beruhig dich, Motzer! Wir helfen doch immer alle zusammen."

"Vor allem du, Großmaul. So wahr ich Emsig heiße, du bist immer der Letzte, wenn etwas getan werden soll."

Die zwei letzten und kleinsten drängten nach.

"Ihr müsst immer streiten."

"Genau, nehmt euch mal ein Beispiel an mir und Zwerg, wir streiten nie."

"Genau, Zwergzwerg", bestätigte der Große, "nie, außer wenn es ums Essen geht oder eure Zipfelmützen oder..."

"Schon gut, wir haben begriffen", beschwichtigte Zwergzwerg und ging zusammen mit Zwerg in den Umkleideraum.

Max beobachtete den Vorgang erstaunt und mit Interesse, als ihn plötzlich etwas in der Nase kitzelte. Ein kleines Stäubchen oder so löste ein mächtiges Niesen aus und mit seinem Versteck war es aus. Sofort hatten die Zwerge die Geräuschquelle geortet.

"Schaut doch nur den Dreckspatz an! Der muss sofort sauber gemacht werden."

Bevor Max richtig wusste, wie ihm geschah, wurde er auch schon von vielen kleinen Händen gepackt und aus der Uhr gezogen. Kurz darauf fand er sich in einem Duschraum wieder, der dem in seiner Schule aufs Haar glich, nur waren hier keine brutalen bösartigen Klassenkameraden mit der Reinigung befasst, sondern fremde Männchen, die wider Erwarten sehr freundlich waren.

Einer trat beiseite und bot Max seinen Duschplatz an. Da derer nur sieben verfügbar waren, war das durchaus ein Opfer. Max dachte kurz nach und entledigte sich seines Kanogrianzugs und der Schellenschuhe.

Jetzt sah er selbst ein, dass er und sein Kostüm einer Reinigung bedurften und nahm diese Tätigkeit frohgemut in Angriff.

Keine Spur mehr von Scham, nackt vor Anderen zu stehen. Er hatte sich verändert im Palast. Er war nicht mehr so furchtsam, nicht mehr so schüchtern und er hatte auch abgenommen. Nicht viel, aber immerhin.

Die Zwerge schrubbten sich gegenseitig den Rücken und auch Max wurde nicht ausgelassen. Da seine Kleidung nass geworden war, wurde sie zum Trocknen vor das Haus gehängt. Max setzte sich, in ein Handtuch gewickelt, vor den eben entzündeten Kamin.

Nach und nach gesellten sich die Zwerge dazu. Sie wollten wissen, wer Max war, woher er kam, wohin er ging. Bereitwillig erzählte er ihnen von seinen Abenteuern im Märchenland.

Die Erlebnisse und Schwierigkeiten an der Schule und mit seinen Klassenkameraden ließ er aus, er dachte, dass sie es nicht verstehen würden. Echte Feindschaft unter ihresgleichen war ihnen fremd. Max hatte das bald erkannt. Sie zankten zwar gelegentlich, aber nie lange und ernsthaft.

Als Max auf seinen Auftrag zu sprechen kam, wurden sie ganz aufgeregt. "Einen Komischen haben wir. Er kam vor einigen Monaten, sozusagen als Austauschschüler."
Der Große senkte seine Stimme zu einem Flüstern, "offen gestanden, er geht uns ziemlich auf die Nerven. Er hat so einen komischen Humor."
Max war hocherfreut, das schien leichter zu gehen, als erwartet.
"Wie bringe ich ihn dazu, mir zu folgen?"
"Das ist einfach: Du musst nur an sein Talent als Komödiant appellieren, Dann tut er alles."
"Danke, aber wer von euch sieben ist es? Ich sehe hier keine seltsame Gestalt."
"Kein Problem. Komischer, komm mal her! Unser Gast braucht etwas Aufheiterung, er hat viel durchgemacht in letzter Zeit."

~~~

"Ich wusste, dass er es schafft." "Gut, er hat den Komischen gefunden, aber wir alle wissen, dass der ein schwieriger Umgang ist." "Wir werden sehen ..." "Und wie bekommt er ihn dazu, das Märchenland zu verlassen." "Wieso ist er überhaupt eingestiegen?" "Vielleicht wollte er endlich jemanden, der seine Komik bewundert. Gib es zu, wir waren ihm gegenüber immer ziemlich ablehnend." "Er hätte doch etwas sagen können." "Offenbar dachte er, es hätte keinen Zweck." "Man kann doch über alles reden." "Genug jetzt davon. Es tut sich etwas Interessantes auf den Wänden."

~~~

"Kommt mal hoch, hier ist etwas Komisches im Bett. Ein Riese."
Jetzt erst dachte Max wieder an die Schöne, die ihm den ersten Aufenthalt im Uhrenkasten beschert hatte.
"Wie kommt eigentlich diese riesige Standuhr in euer Haus. Sie passt von den Maßen her gar nicht..."

"Ach die, die haben wir der Geißenmutter zu einem Spottpreis abgekauft, sie wollte eine größere anschaffen."

"Noch größer?"

"Ja, damit das nächste Mal alle Geißlein hinein passen."

Max war erstaunt. Also gab es doch Kontakt zwischen einzelnen Märchen. Alle Männchen waren inzwischen die Treppe empor gestürmt und bewunderten die Schöne.

"Siehst du, sie liegt in meinem Bett."

"In meinem auch."

"In meinem auch."

"In meinem nicht. Warum? Ich habe es heute Morgen doch extra fein gemacht. Ich hatte geahnt, dass heute etwas Besonderes geschehen würde."

"Erzähl hier mal keine Märchen. Das ist doch schon das zweite aufregende Ereignis von heute. Ist der große Knirps etwa nichts?"

"Ja, aber das Ding im Schlafzimmer ist noch eine Spur hübscher. Max hat auch eine gewisse Ähnlichkeit mit uns. Aber das - so etwas habe ich noch nie gesehen."

"Noch nie? Die war doch erst gestern da."

"Daran würde ich mich erinnern, denke ich. Erinnert sich jemand von euch an dieses Wesen?"

Ein lang gezogenes, einstimmiges "Nöö", durchzog den Raum. Nun begann auch der Große zu zweifeln, vielleicht hatte er die Begegnung nur geträumt.

Jetzt war die Stunde von Max gekommen: "Ihr wisst nicht, was das ist? Nun, aber ich. Ich kenne viele von dieser Sorte."

"Was für eine Sorte?"

"Das da oben. Das ist ein Mädchen!"

Die Zwerge waren stets darauf erpicht, Neues zu lernen: "Mäschen", ertönte es im Chor.

"Nein, Mädchen", korrigierte Max geduldig, aber mit Nachdruck, "Mädchen sind zwar ähnlich wie Jungen, aber gleichzeitig völlig unterschiedlich. Jungen werden Männer und Mädchen werden Frauen, wenn sie älter werden."

"Wie älter? Wir bleiben immer so alt, wie wir sind."

Max war erstaunt: Sollten die Zwerge den Jungbrunnen gefunden haben? Aber viel Zeit zum Wundern blieb ihm nicht, Zwergzwerg drängte auf genauere Informationen.

"Mit den Mädchen ist das so eine Sache. Manche sind nett, andere nicht; manche schön, andere sind recht hässlich. Ich mag eines ganz besonders, aber ich weiß nicht, ob sie mich mag."

"Warum fragst du es nicht? Wenn wir etwas wissen wollen, fragen wir immer. Das ist die einfachste Sache der Welt."

"Aber wenn sie sagt, dass sie mich nicht mag, das würde ich nicht verkraften."

"Warum? Was ist denn schon dabei, wenn sie dich nicht mag?"

"Was heißt überhaupt 'mag'?" Max überlegte, wie man jemandem den Umstand der Zuneigung beschreiben kann.

"Was esst ihr am liebsten?"

"Hirsebrei" kam die Antwort aus sieben Mündern, wie aus einem.

"Willst du das Mädchen, das du magst, aufessen?"

"Natürlich nicht, Zwerg. Ihr habt ein gutes Gefühl, wenn ihr Hirsebrei esst, oder? Genauso habe ich ein gutes Gefühl, wenn ich sie ansehe."

Die Zwerge verstanden nicht, wieso sie von einem Mädchen - wie hübsch diese auch immer sein mochte ein gutes Gefühl bekommen sollten. Ihre Leibspeise konnte nichts schlagen. Sie machten viele weitere Versuche, das Gefühl 'Liebe' einzugrenzen, einer versuchte den andern mit einem neuen Vorschlag zu übertönen.

Max ließ der Sache seinen Lauf, er hatte versucht, den Sachverhalt so genau wie möglich zu erläutern. Die Zwerge jedenfalls hatten ihren Spaß.

Von dem Chaos im unteren Stockwerk geweckt, schlich das Mädchen vorsichtig die Treppe herunter.

Man kann sich sein Erstaunen vorstellen. Zurückhaltung wäre eine Untertreibung. Am liebsten hätte sie sich unsichtbar gemacht.

Durch ihre Anmut und ihren Liebreiz verstummten sofort alle anwesenden Männer, Zwerge wie Jungen.

Nicht alle hatten die junge Frau vorhin im Bett gesehen, aber auch denen, denen der Anblick vergönnt gewesen war, blieb jetzt die Luft weg.
Sie schritt, unsicher zwar, aber wie eine Königin die hölzernen Stufen hinunter. Der Chef der Zwerge fasste sich als erster. "Willkommen, Mädchen. Fühle dich bei uns wie zuhause."
Das Mädchen schrak ob der derben Ansprache zusammen, unsicher umherblickend versuchte sie, sich zu entschuldigen: "Verzeihung, ich bin hier ungefragt eingedrungen."
Fröhlich antwortete der Chef: "Macht nichts, Mädchen sind uns immer willkommen."
Erschrocken erwiderte die junge Frau: "Ich bin nicht so eine."
"Natürlich bist du ein Mädchen", beeilte sich Max einzuwerfen.
Nun richtete sich das Mädchen stolz auf und sah mehr denn je aus wie eine Königin: "Das ist nur die halbe Wahrheit, ich bin Maria Sophia von Erthal, meine Stiefmutter will mich töten."
Zwergzwerg hatte es gleich erkannt: "Also bist du eine Prinzessin?"
"Im Prinzip ja, aber leider bin ich schöner als meine Stiefmutter, deshalb will sie mich umbringen."
Max schaltete sich vorsichtig ein: "So was soll vorkommen, aber deswegen ist es nicht richtig."
"Wie können wir dir helfen?" fragte der Zwergenchef eifrig, was auch sofort eine flehentliche Bitte der Prinzessin nach sich zog: "Darf ich bei euch bleiben?"
Da blieb den gutherzigen Zwergen nur eine Antwort: "Wir werden alles tun, um dich zu beschützen. Du kannst dich auf uns verlassen."
"Oh vielen, vielen Dank", die Prinzessin überschlug sich beinahe vor Dankbarkeit.
"Ihr müsst nämlich wissen: Meine Stiefmutter war eine schöne Frau, wirklich sehr schön. Aber sie trank zuviel und rauchte wie ein Schlot. Das ist dem frischen Aussehen der Haut äußerst abträglich. Ich dagegen habe nie eine Zigarette auch nur angerührt und Alkohol macht bekanntlich dumm. Also wurde ich schöner und schöner und…"

"Danke, wir sehen ja, wie schön du bist. Du wurdest also immer schöner. Was geschah dann?"

"Entschuldigt meine ausschweifende Erzählung", Maria Sophia sammelte sich kurz nach dem Einwurf von Motzer.

"Jedenfalls übertraf ich meine Stiefmutter bald an Schönheit. Glaubt jetzt nicht, ich wollte mich selbst herausstellen. Ihr Zauberspiegel hat es ihr selbst verraten, dass sie die Schönste ist, aber Schneewittchen tausendmal schöner sei."

"Na und, was hat das mit Dir zu tun?"

"Ich bin Schneewittchen, das ist sozusagen mein Spitzname. Meine Mutter hat mich gleich nach der Geburt so genannt und mein Vater tut es bis heute. Schneewittchen, weil meine Haut weiß ist wie Schnee, mein Haar schwarz wie Ebenholz und meine Lippen rot wie Blut."

"Welch eine Überraschung!" Motzer konnte seinen spöttischen Unterton nicht ganz verbergen. Schneewittchen hatte das registriert:

"Entschuldigt bitte, aber ich wurde als Prinzessin erzogen. Da wird man sich doch etwas auf sich einbilden dürfen."

Die anwesende Männlichkeit murmelte eilfertig ihre Zustimmung, keiner wollte die Prinzessin verärgern. Max wollte ihre Geschichte unbedingt weiter hören, bei Maria Sophia stieß er damit auf offene Ohren. Das arme kleine Ding musste sich alles von der Seele reden.

"Meine Stiefmutter wurde eifersüchtig auf mich und ließ mich das auch spüren. Sie verfügte, dass ich beim Gesinde schlafen und den Mägden beim Reinigen des Hofes helfen musste. Durch die Arbeit an frischer Luft bekam ich rosigere Bäckchen als je zuvor und das war zuviel für sie und ihren Spiegel.

Sie heuerte einen Jäger an, der mit mir einen Spaziergang im Wald machen sollte, was der auch tat. Ich jedenfalls ahnte nichts Böses, bis der Grünrock mitten im Wald sein Gewehr auf mich anlegte."

"Nein", entfuhr es Max, "das ist nicht dein Ernst!"

"Doch, das ist mein voller Ernst. Zum Glück gehörte zu meiner Ausbildung als Prinzessin auch das Jammern in höchster Gefahr. Eigentlich war das gegen Raubritter und Drachen gedacht, aber was da helfen sollte, kann bei Jägern ja nicht schaden. Ich brach also bühnengerecht zusammen und klagte über mein Schicksal. Aus den Augenwinkeln beobachtete ich den Jäger und sah, wie ihm eine Träne nach der anderen hervorquoll."

Max war wie gebannt: "Hat das Jammern also genutzt?"

Schneewittchen nahm den Faden wieder auf: "Diesem Jäger bin ich nur entkommen, weil der ein gutes Herz hatte und statt meiner einen Frischling tötete."

"Dann ist ja alles gut."

"Nichts ist gut. Das arme Wildschweinbaby!"

Maria Sophia brach in Tränen aus, beruhigte sich aber recht schnell wieder, als ihr klar wurde, dass das Tier ihre Rettung war, wie die Zwerge und Max nicht müde wurden zu betonen.

Max hoffte von Schneewittchen weitere Hinweise auf den Turm der Dichter zu bekommen, immerhin war sie auf ihrer Flucht weit herumgekommen und hatte außerdem eine erstklassige Ausbildung am Hof eines Fürsten genossen. Nachdem er sich der Begleitung des Komischen versichert hatte, begab er sich mit Schneewittchen etwas abseits und fragte sie nach dem sagenumwobenen Ort.

Die Antwort des Mädchens war ziemlich unbefriedigend: "Ich kann euch leider nicht weiterhelfen, aber im Turm der Dichter wohnen unsere Schöpfer, die wissen alles."

Max bedankte sich trotzdem bei dem wunderhübschen Schneewittchen, aber ehe er das Haus verließ, fragte er noch, wo er den Turm finden könne.

"Überall und nirgends, überall und nirgends. Ihr müsst nur fest daran glauben. Lebt wohl!"

Gemeinsam mit dem Komischen, der aus dem Kichern und Schäkern gar nicht mehr herauskam, verließ er diesen gastlichen Ort, um seine Mission zu erfüllen und Informationen über seine hoffentlich baldige Heimkehr einzuholen. Max wusste nicht, wo er anfangen sollte und deswegen wanderten er und der Komische in den Tag hinein.

Während der Komische seine Scherze machte, versuchte Max sich zu konzentrieren und den Rätselsprüchen einen Sinn zu entlocken.

Der Turm der Dichter

Der Turm der Dichter. Immer wieder blieben seine Gedanken an diesem Bauwerk hängen, wenn es denn ein solches war.

Max hoffte, dass an diesem Ort all seine Fragen beantwortet würden, er aber zumindest den Weg aus dem Märchenland gezeigt bekäme.

Max überlegte, was sich in diesem Turm verbergen sollte. Dichter? Wahrscheinlich. Aber wie sollten ihm Poeten helfen zu entkommen?

Er konnte nur hoffen, dass der Begriff 'Dichter' auch Wissenschaftler mit einbezog. Sonst käme er nie zurück. Wenn die 'Dichter' nicht wussten, wie diese Welt funktionierte, konnte es mit Sicherheit niemand sagen.

Dann war seine Mission gescheitert, der Komische blieb hier und Max musste Aliena enttäuschen.

Wahrscheinlich kam er sowieso nicht mehr zu ihr.

Aber Max wollte alles daran setzen, es nicht soweit kommen zu lassen. Nur wo sollte er das sagenhafte Gebäude suchen, geschweige denn finden? Dunkel erinnerte sich Max an Harrys Mutter.

Was konnte man auf Fliegengeschwätz geben?

Andererseits hatte Harry immer die Wahrheit gesagt und ihn nie hinters Licht geführt. Vielleicht wurden Stubenfliegen einfach unterschätzt. Bis auf die Vorliebe für frischen Mist teilte Max die meisten Interessen mit Harry.

Dessen Mutter hatte erzählt, dass man den Turm der Dichter nur finden konnte, wenn man an ihn glaubte. Das wollte Max gerne versuchen. Aber die zweite Bedingung, dass man den Turm nur finden kann, wenn man nicht danach sucht, kam Max merkwürdig vor. Wie sollte das geschehen?

Schneewittchen hatte auch keine genauere Angaben gemacht 'überall und nirgends' ist nicht eben deutlich.

Der Komische machte seine derben Scherze und Max konnte ihn nur bei Laune halten, wenn er gelegentlich einen Lachkrampf vortäuschte.

Nachdem sie zusammen eine ganze Weile durch Wald und Feld geirrt waren, wurde Max müde. Er beschloss, eine kleine Pause einzulegen. Der Komische fand das in Ordnung und versprach, sich nicht wegzubewegen. Max machte es sich bequem und war in wenigen Augenblicken eingeschlafen.

Nur kurze Zeit später wachte er wieder auf, ausgeruht und gestärkt. Er schlug die Augen auf und mitten auf der Ebene sah er ein großes Gebäude, ein Schloss vielmehr. Es schien aus einem einzigen Turm zu bestehen.

Die Mauern waren aus altem Bruchstein, leicht verwittert und von Flechten und Moos übersät, Rosenranken kletterten an ihnen empor.

Max konnte weder Tür noch Tor entdecken, aber vielleicht war er zu weit von diesem baulichen Wunderwerk entfernt. Er ging darauf zu und das Bauwerk wurde schnell größer, Max sah bald vor sich nur noch Mauern. Jetzt konnte er erkennen, dass in den Wänden unzählige, vielgestaltige Fenster eingelassen waren und es ebenso zahllose, verschiedene Erker gab.

"Wer darin wohl wohnt?" Max dachte angestrengt nach, kam aber zu keinem Ergebnis, er umkreiste den Bau in sicherem Abstand, immer erwartend, dass ein Wächter ihn anhielt.

Aber nichts dergleichen geschah. Nach einer kurzen Weile gewahrte er neben sich eine winzige Tür.

Er entschied, dass sie zu klein für ihn sei und schlenderte weiter, da sah er schon die nächste Öffnung Auch diese schien ihm zu eng.

So ging das noch eine ganze Weile. Max wurde es endlich zu dumm und er beschloss, die nächste Tür zu erweitern. Er sah sich nach einem Stock um, um dieses Vorhaben in die Tat umzusetzen.

Er fand auch schnell einen und wollte sich an die Arbeit machen, als er feststellen musste, dass sich der Einlass vergrößerte, wenn man darauf zuging. Durch diese Erkenntnis ermutigt, tat er einen weiteren Schritt auf die Türe zu. Als er nur noch einen halben Meter von der Wand entfernt war, öffnete sich ein prächtiges, weites Tor vor ihm.

Ein fein angezogener Pförtner stand im Eingang und bat Max herein: "Willkommen, mein Herr, tretet ein. Hier erhaltet ihr Antwort auf all eure Fragen."

Max war völlig verdattert, wo war er hier nur gelandet?

"Ihr befindet euch im Turm der Dichter, wenn euch das weiterhilft. Darf ich euch etwas zum Essen bringen oder eines unserer erlesenen Getränke. Wie wäre es mit etwas Absinth?"

"Nein danke, ein Glas Wasser genügt mir", beeilte sich Max zu erwidern. Er hatte keine Ahnung, was Absinth war und wollte es auch nicht kennen lernen, es hörte sich irgendwie chemisch an. Der Pförtner reichte ihm ein Kristallglas mit reinstem Felsquellwasser und fragte diensteifrig: "Wen möchtet ihr befragen? Ich bringe euch zu wem ihr wollt."

Darüber hatte sich Max noch gar keine Gedanken gemacht, er hatte sich nicht einmal eine konkrete Vorstellung von dem machen können, was ihn im Turm der Dichter erwarten mochte. Verdattert fragte er: "Wer ist denn alles im Angebot? Ich suche niemand Speziellen. Vielleicht jemanden, der mit Märchen zu tun hat:"

"Da habe ich genau die richtigen für Euch, folgt mir!" und er schritt feierlich voran, Max trottete äußerst unfeierlich hinterher.

Sie durchquerten einen langen Gang, von dem immer wieder weitere Gänge abgingen. Alle diese Gänge hatten Schilder über sich hängen: "Zweistromland", "Griechische Antike", "Römische Antike", "Romanik" und viele, viele weitere. Max wollte fragen, was das zu bedeuten hatte, aber sein Führer kam ihm zuvor und erklärte, dass jeder dieser Flure für eine bestimmte Stilepoche bestimmt war.

"Romantik", las er vor und blieb stehen. "Hier wollen wir hin. Tretet näher."

Max trat näher und in den Gang hinein. Dieser schien genauso lang, wie der, aus dem sie kamen. Links und rechts gab es Türen, die gleichfalls einzeln beschriftet waren, nur standen da jetzt Namen wie "Novalis", "Clemens von Brentano", "Jakob und Wilhelm Grimm".

An die letztere Türe klopfte der Pförtner und bedeutete Max einzutreten. Hierauf verabschiedete sich seine Begleitung und Max stand alleine in einem gemütlichen Arbeitszimmer. Zwei hohe Lehnsessel standen vor einem massiven Eichenholzschreibtisch, der übersät war mit bekritzelten Papierstücken.

Der ganze Raum wirkte tot und ein wenig unheimlich auf Max. Ratlos sah er sich um und trat auf den Schreibtisch zu. Erstaunt und erschrocken bemerkte er zwei altertümlich gekleidete Männer. Sie saßen in den beiden Sesseln und schnarchten leise vor sich hin.

Max beschloss, sie schlafen zu lassen, nahm sich einen der Zettel und versuchte ihn zu entziffern: "Es war einmal mitten im Winter, und die Schneeflocken fielen wie Federn vom Himmel herab, da saß eine Königin an einem Fenster, das einen Rahmen von schwarzem Ebenholz hatte, und nähte. Und wie sie so nähte und nach dem Schnee aufblickte, stach sie sich mit der Nadel in den Finger, und es fielen drei Tropfen Blut in den Schnee. Und weil das Rote im weißen Schnee so schön aussah, dachte sie bei sich: 'Hätt ich ein Kind, so weiß wie Schnee, so rot wie Blut und so schwarz wie das Holz an dem Rahmen.' Bald darauf bekam sie ein Töchterlein, das war so weiß wie Schnee, so rot wie Blut und so schwarzhaarig wie Ebenholz, und ward darum das Schneewittchen genannt. Und wie das Kind geboren war, starb die Königin."

Max hatte dieses Kind kennen gelernt, er wollte nun wissen, ob andere Ereignisse im Märchenland auch hier beschrieben waren. Er überflog die Manuskripte und siehe da: Es war die Rede von einem goldenen Ball, von einem kleinen Männchen, das Gold spinnen konnte, einem bösen Wolf...

"Wie kann das sein?" rief Max aus, "das alles habe ich doch miterlebt! Woher wissen die das?"

Einer der beiden Schläfer gähnte und rieb sich die Augen: "Jakob, wer stört uns da?"

Der Angesprochene erwachte erst, als er von rechts einen Knuff in die Hüfte bekam: "Wilhelm, was soll denn das? Ich hatte eben so schöne Träume."

Wilhelm antwortete ihm aufgeregt: "Wir haben Besuch, genug geträumt."

Zu Maximilian gewandt sagte er: "Euer Diener, Herr. Können wir euch weiterhelfen?"

In der Tat hatte Max einiges auf dem Herzen, wobei ihn die Beiden möglicherweise unterstützen konnten: "Zuerst: Wie kommt es, dass hier alles aufgeschrieben steht, was ich erlebt habe? Woher wisst ihr das?"

"Ach das, das sind doch alles alte Kinder- und Hausmärchen."

"Wir haben sie nur gesammelt."

"Wo gesammelt?"

"Hier und da, wir waren viel unterwegs."

"Und warum bin ich darin umherspaziert und habe alle diese Geschöpfe getroffen, von denen ich hier lesen kann?"

"Das können wir euch auch nicht sagen. Wir haben nur gesammelt und veröffentlicht. Dass man die Hausmärchen auch erleben kann, wussten wir bislang noch nicht. Wir danken aber herzlich für Eure Mitteilung."

"Wer kann mir dann weiterhelfen? Ich muss einen Weg finden, das Märchenland zu verlassen."

"Ihr habt es doch bereits verlassen. Ihr seid im Turm der Dichter."

"Ja, aber der Turm steht doch im Märchenland! Ich muss zurück nach Hause."

"Da können wir euch leider nicht helfen."

"Vielleicht solltet ihr euch an den Autor wenden."

"Den Autor?"

"Ja, der, der uns und das ganze Märchenland erfunden und beschrieben hat."

"Wie komme ich dorthin?"

"Wir wissen es nicht", kam die entschuldigende Antwort von den Märchensammlern", aber der Pförtner kennt sich im ganzen Turm aus. Der wird euch zu ihm bringen. Klingelt nur", sie wiesen gemeinschaftlich zu einer prächtig geflochtenen Kordel, die neben der Tür hing.

Max kam der Aufforderung nach und zog vorsichtig daran. Ein voller lauter, aber nicht unangenehmer Glockenschlag ertönte. Bevor noch dieser ausgeklungen war, öffnete sich auch schon die Türe und herein trat der Diener. "Folgt mir, ich bringe euch zum Autor." Woher er das nur wieder wusste?

Wieder zogen sie durch endlose Gänge, wieder begegneten sie zahllosen Türen, wieder waren alle fein säuberlich mit Namen beschriftet. Einige der Namen kannte Max aus dem Fernsehen, aber die meisten waren ihm nicht geläufig.

Merkwürdigerweise gab es in dem ganzen Turm anscheinend keine einzige Treppe, jedenfalls hatten sie bisher noch keine benutzt. "Beachtet die Bilder an den Wänden", ließ der Pförtner verlauten, "sie erzählen euch alle Geschichten, die jemals geschrieben wurden."

Max folgte der Aufforderung und langsam konnte er Zusammenhänge herstellen, viele seiner Erlebnisse waren hier dargestellt.

Immer weiter drangen sie in das Labyrinth aus Kammern und Fluren vor. Ohne Führer würde Max nie mehr aus diesem Gewirr herauskommen. Jetzt bogen sie in einen Quergang ein, der der längste von allen zu sein schien. Aufmerksam registrierte Max, dass in diesem langen, langen Flur nur eine einzige Tür existierte und zwar am Kopfende.

Sie war sehr klein, kleiner noch als es die Öffnungen in der Außenwand gewesen waren. Max beeilte sich, dem Pförtner zu folgen, denn es hatte sich einiger Abstand zwischen ihnen ergeben.

Der Pförtner winkte ungeduldig, er stand schon vor der Türe, Der Junge stand sofort bei Fuß.

"Der Autor ist manchmal etwas schwierig, seid also vorsichtig bei dem, was ihr sagt", mit diesen Worten schob der Lakai den durch diese Worte nicht eben beruhigten Max in die Kammer.

Eine Kammer, ja, das war es, was er da betrat. Wenige Meter breit, wenige Meter lang, ein winziges Fenster. Die Einrichtung war mehr als spartanisch: Ein Stuhl, ein Schreibtisch, aber volle Bücherregale an allen Wänden.

Auf dem Boden türmten sich lose Papierseiten und noch mehr Bücher. Max war fasziniert und sah sich sorgfältig um.

"Grüß Gott, was willst du hier?"

Max schrak zusammen, er hatte nicht bemerkt, dass in dem kleinen Raum schon jemand war.

"Entschuldigung, ich wollte nicht stören", er wollte sein unbedachtes Endringen schnellstens wieder vergessen machen.

"Schon gut, ich freue mich, dich kennen zu lernen. Das heißt, eigentlich kenne ich dich ja schon, wahrscheinlich besser als du dich selbst."

Max war baff. Was sollte das? War dieser Autor ein Hellseher?

"Ich weiß alles über dich, Max Grubenberger aus dem Veilchenweg 7. Und ich kenne auch deine Mutter."

Max begann zu stottern: "Mei-, meine Mu-Mutter?"

"Ja, deine Mutter. Und ich weiß auch, wo dein Vater ist."

Max wurde ganz aufgeregt: "Wo?"

"Das kann ich dir leider nicht sagen, weil sonst die ganze Spannung weg ist."

Max kamen die Tränen: "Aber warum? Ich brauche meinen Vater und meine Mutter braucht ihn auch. Bitte sag mir, wo er ist."

"Keine Chance", der Autor war auch den Tränen nahe, "ich weiß, dass es schwer für dich ist, aber du musst es noch eine Weile aushalten. Weißt du, du bist mir sehr ähnlich."

"Aber du bist doch dünn."

"Ja stimmt, das ist die künstlerische Freiheit. Deine Mutter und ihre Alkoholsucht habe ich auch frei erfunden."

"Wieso das?"

"Du brauchtest eine starke Motivation, in den Wald zu fliehen, damit dich die Seltsamen Gestalten entführen konnten. Das war doch nett von mir, oder? Bist du schon jemals eine so tolle Achterbahn gefahren, hast du schon jemals ein so leckeres Frühstück genossen?

"Aber..."

"Kein Aber! Ich habe dich genau richtig erschaffen, du konntest dem Rumpelstilzchen seine Fleischeslust austreiben, bist mit dem Brüderchen um die Wette gelaufen und bist aus dem Kerker des Froschkönigs entkommen. Du bist ein Held. Ich habe dich dazu gemacht."

"Ich habe keine Lust mehr, ich bin es leid, ständig durch die Gegend zu ziehen und komische Leute zu treffen. Lass mich gehen, bitte!"

"Das geht nicht. Wenn das hier jetzt einer liest, will er doch schließlich wissen, wie die Geschichte endet. Er hat Geld für das Buch bezahlt, dann hat er eine vernünftig bis zum Ende erzählte Geschichte verdient. Außerdem willst du doch bestimmt zurück zu Aliena. Wie findest du die eigentlich?"

Max kam sich überrumpelt vor: "Aliena, ja die ist ganz wunderbar. Die würde ich gerne wieder treffen."

"Siehst du, und das wirst du, wenn du tust, was ich dir jetzt sage. Dein erster Auftrag ist ja, dass du den Komischen zurück in die Schule der seltsamen Gestalten bringst. Das ist einfach. Der Komische muss sich einfach dreimal auf dem Absatz um sich selbst drehen und dann in die Luft springen."

"Funktioniert das auch bei mir?"

"Ich denke nicht, aber du kannst es gerne mal ausprobieren. Wenn es nicht klappt, musst du dich bis zum Hexenhaus durchschlagen. Dort bekommst du weitere Anweisungen. Vielleicht fragst du dich, wieso ich es dir nicht gleich sage. Ganz einfach, die Stelle habe ich noch nicht geschrieben. Aber ich denke, das Hexenhaus wäre ein geeigneter Schauplatz für das große Finale."

"Woher weißt du?"

"Ich habe dich und deine ganze Welt erschaffen. Ich kann es regnen lassen, wann ich will, ich kann dich auf der Stelle töten, mit nur einem Federstrich. Oder ich kann dich wieder fliegen lassen. Auch ohne Flügel, wenn ich das so hinschreibe."

"Kannst du mich auch dünner machen?"

"Natürlich, aber es täte dir nicht gut und für die Geschichte wäre das total abwegig."

"Kannst du mir noch mehr für die Zukunft sagen?"

"Nein, wie gesagt, die muss ich erst noch schreiben, aber du merkst ja, was passiert. Außerdem: Je eher du gehst, desto eher bringen wir das Ganze zu einem befriedigenden Ende."

"Aber…"

"Nun geh schon."

Max ließ sich nicht so leicht abschütteln

"Wie kommt es eigentlich, dass die Leute hier ständig das Gleiche machen? Ich meine, immer wieder dieselbe Geschichte erleben."

Der Autor seufzte: "Ist das so offensichtlich? Da hast du meinen wunden Punkt erwischt. Eigentlich dachte ich, es wäre eine gute Idee, das 'Märchenland' mit der Außenwelt zu verknüpfen."

"Wie das?"

"Immer, wenn irgendwo in deiner Welt irgendeine Geschichte erzählt wird, sollte sie ganz genau so in meinem Märchenland passieren."

"Ist das jetzt tatsächlich so?"

"Ja, so ist es, leider. Die Leute in deiner Welt kennen nur die meisten Geschichten nicht richtig. Vielleicht ist dir aufgefallen, dass manchmal eine Person schwarze Haare hat und kurz darauf strohblond ist, oder dass sich Kleider ändern, einfach so. Oder eine Landschaft plötzlich ganz anders aussieht."

"Stimmt, aber ist das so schlimm?"

"Da ich nicht für jede Erzählung neue Figuren erfinden kann, vermischen sich die einzelnen Geschichten, deswegen ändert sich das Aussehen der Figuren ständig, sie müssen auch ständig eine neue Variante ihres Textes abliefern."

"Und das ist ein Problem?"

"Für manche Ja, für manche Nein."

"Die meisten wirken fürchterlich frustriert."

"Kann ich verstehen, aber etwas Abwechslung tut doch allen gut, oder?"

"Es ändert sich im Großen und Ganzen ja nichts. Nur Kleinigkeiten. Das würde ich nicht gerade als Abwechslung bezeichnen. Ich will den Bewohnern des Märchenwaldes gerne irgendwie helfen."

"Nett von dir, aber das kann nur ich."

"Warum tust du dann nichts?"

"Weil du gerade da bist. Wenn du wieder bei Aliena im Palast bist, werde ich mich darum kümmern, aber jetzt ist es zu riskant. Wer weiß, wie die literarischen Gestalten auf einen freien Willen reagieren. Vielleicht werden sie einen Hanswurst töten wollen? Sieh du nur zu, dass du so schnell wie möglich wieder zurückkommst. Übrigens: Die meisten Gestalten die du noch treffen wirst, werden dir bei der Suche nach dem Hexenhaus nicht viel helfen können, sie sind alle zu sehr in ihrer eigenen Geschichte gefangen, um Dinge zu wissen, die sie nicht unmittelbar betreffen."

Max brummte der Schädel von so vielen Informationen und er wollte den Autor verlassen.

Der hatte unbemerkt schon die Glocke gezogen. Vor der Tür stand der Pförtner und winkte würdevoll Max zu sich. Nach wenigen Schritten gelangten sie zu einem Tor des Turmes. Dort verabschiedete sich Max und bedankte sich bei seinem Führer.

Er wusste nicht, wie er die Begegnung mit dem Autor einordnen sollte. Wenn der jetzt einen neuen Einfall für seine Geschichte gewonnen hatte? Aber was blieb Max anderes übrig. Er war wieder einmal auf Gedeih und Verderb einem Fremden ausgeliefert, obschon er sich dem Autor auf eine merkwürdige Weise nahe fühlte.

Nachdenklich ließ Max den Turm der Dichter hinter sich, nach einigen Schritten drehte er sich um, um das sagenhafte Gebäude noch einmal zu betrachten.

Der Turm war nicht mehr da. Nichts deutete darauf hin, dass es ihn jemals gegeben hatte.

Vor ihm breitete sich eine saftige Blumenwiese. Max ließ sich fallen, wo er gerade stand, denn plötzlich überkam ihn eine tiefe Müdigkeit. Er schlief auch sofort wieder ein, wurde aber nach viel zu kurzer Ruhe durch einen Piekser in die Hüfte geweckt. Alle Erlebnisse im Turm kamen ihm vor wie ein Traum.

Der Komische bestätigte ihn in dieser Vermutung: "Na los, Schlafmütze, mir ist langweilig. Lass uns weitergehen!"

Max versuchte sich aufzurappeln: "Habe ich wirklich die ganze Zeit geschlafen?"

"Es war nicht sehr lang, aber du hast geschnarcht wie ein Droschkenkutscher."

"Ich weiß jetzt, wie wir hier rauskommen. Du zuerst."

"Und wie soll das gehen?"

"Ganz einfach: Du drehst dich einfach dreimal auf dem Absatz rechts herum und hüpfst anschließend in die Luft."

Enttäuscht äußerte der Komische sein Missfallen: "Ach, wie langweilig! Ich wäre lieber auf einem fliegenden Teppich zurück gereist. Aber, wenn du meinst, werde ich es einmal versuchen."

Und mit betont dramatischem Ausdruck tänzelte er im Kreis herum und sprang, wie verlangt in die Luft. Und ohne einen Laut war er plötzlich verschwunden. Einfach weg. Max sah nicht, wie er sich auflöste, aber er ging davon aus, dass der Autor wusste, was er sagte, auch wenn es nur ein Traum gewesen sein sollte.

Die erste Aufgabe hatte der Junge also gemeistert, nun blieb nur noch seine eigene Rückkehr in Angriff zu nehmen. Max versuchte, ebenfalls den Trick mit der dreimaligen Umdrehung.

Das führte ihn zu einer näheren Bekanntschaft mit dem Wiesenboden und seine Nase bohrte eine Kuhle ins kühle Erdreich. Schlagartig wurde er sich der Anweisung des Autors bewusst, sich zum Hexenhaus durchzuschlagen und dort einen Ausweg zu finden. Max rappelte sich auf und ging in den nahen Wald hinein.

Die Schwester der Hexe

Maximilian schritt kräftig aus. Er suchte nach Hänsel und Gretel, das heißt eigentlich nach dem Knusperhaus. Er hatte mächtig Hunger und strebte dem Hexenhaus zu. Wie er vom Autor wusste, konnte er niemanden nach dem Weg dorthin fragen. Tat er es doch, bekam er nur eine ärgerliche, kurz angebundene Antwort, die ihm aber nicht weiterhalf. Bäume, Feen oder Kobolde haben eben nicht zwangsweise etwas mit Hexenhäusern zu tun. Deshalb wussten sie natürlich nicht, wo man es finden konnte.

Max stapfte also hin und her durch den Wald und sah alle möglichen Gestalten: Kobolde und Feen, darunter gute, die gerne einmal etwas Böses tun wollten aber auch böse, die auch einmal gerne ihre gute Seite gezeigt hätten. Aber man ließ sie ja nicht! Natürlich gab es auch Zauberer, die mit ähnlicher Vorherbestimmung gestraft waren.

Auf einer Lichtung stand ein Minarett, das der kleine Muck in einem Affentempo immer wieder umrundete auf seinem Fliegenden Teppich. Offenbar hatte sich das Gefährt selbständig gemacht. Gleich daneben trieb die Gänseliesel ihre Gänse über die Wiese. Max dachte, die sah nicht nur dumm aus, sie benahm sich auch so. Sie versuchte den Tieren das ABC beizubringen. Mitten über dem Weg hing eine lange, runde Holzlatte. Weder ihr Anfang, noch das Ende war im dichten Wald zu sehen. Aber sie bewegte sich und plötzlich hörte Max aus einiger Entfernung ein lautes „Haatschi!"

Das ist sicher Pinocchio, dachte der Junge. Er hatte kein Interesse an einer Begegnung mit diesem zwanghaften Lügner, also bückte er sich unter der Nase hindurch und ging weiter. Eine Biegung weiter sah er den Wolf, beim Kauf von Kreide für seinen Auftritt bei den Sieben Geißlein. Max beachtete ihn gar nicht, was allerdings auf Gegenseitigkeit beruhte.

Am Horizont, er war mittlerweile aus dem Wald herausgetreten auf eine große Wiese, zog Peter Pan vorüber, wie ein einsamer Mauersegler.

In der Stadt, die vor ihm lag, konnte er einen jungen Mann sehen, ähnlich gekleidet wie er selbst, der auf einer Flöte spielend durch die Stadt zog. Er wurde von einem Rattenschwanz an Kindern gefolgt.

Zur Rechten sah Max den Rosengarten von Schneeweißchen und Rosenrot, zur Linken sah er ein sehr kleines Mädchen weinend in einem Gärtchen voller Schnee sitzen. "Sicher Däumelinchen", dachte Max. Dann besann er sich, dass Hexenhäuser meist im finsteren Wald sind und drehte um und ging halbrechts zurück ins Dickicht.

Nur aufgrund der kurzen Begegnungen mit den Brüdern Grimm und dem Autor und vor allem dem Betrachten der unzähligen Bilder konnte Max all diese Gestalten benennen und einordnen. So machte die Wanderung durch den Wald schon weit mehr Spaß, als damals, als er noch keine Ahnung von der Funktionsweise des Märchenwaldes hatte. Er sah sich verträumt um. Wenn er jetzt doch hier bliebe? Max schlenderte ziellos im Wald umher und kam zu keinem Entschluss.

Kurz darauf traf er am Wegesrand das wohl seltsamste Geschöpf, das er bisher gesehen hatte.

Das Wesen war so groß wie eine Maus, kurz darauf so groß wie ein Bär, dann wieder nur so groß wie ein Kaninchen. Es blieb nie mehr als eine Minute gleich groß, aber das war noch nicht alles. Auf dem Kopf waren Hörner, ein Geweih oder ein Hahnenkamm, außerdem abwechselnd ein Fischschwanz, ein Pferdeschweif oder ein Affenschwanz.

Es sprach als erstes von allen Wesen Max selbständig an: „Na, was gschaustn?"

Der breite bayerische Dialekt ließ Max schmunzeln.

„Ah, geh weida! I koa do au nix dafür, dass i so ausgsah!"

Diese grobe Antwort klang nicht so grob, wie es der Wortlaut vermuten lässt. Das ermutigte Max, dem Geschöpf eine Frage zu stellen: "Warum änderst du ständig deine Form? Bist du ein Formwandler?"

„Koast scho gsagn. Aber eigetli bin i a Wolpertinger. Die Leit erzähln ständi vo mir. Und grad, wenns a poar Glas Bier intus habn, komma sia sch in die Hoar, ob i jetzt an Fischschwoz hoa oder ned. Jeder von dene Saufkumpane versucht, mich möglischt eindrucksvoll darzustellen und alle habn se mi schoa gsehn. Dabei gibt's mia goar ned! DU bisch de erscht und einzige aus deiner Welt, der woa mi gsehn hoat. Aber bitte, erzähls ned weida! Es is au so scho anstrengend gnug für mi."

„Entschuldige bitte, ich wollte nicht stören." Max hatte Mühe gehabt, dem Wolpertinger im Text zu folgen, „aber du scheinst recht nett zu sein, gar nicht so verbittert wie die Anderen alle."

Der Wolpertinger schmunzelte und gab breit Bayerisch zurück: „Woas soll i denn moachn? So is hoalt mei Natur. A Weißwurscht mit Senf und a Brezn zum Frühstück, des is gnug für mi. I bin hoalt a gmütlicher Spezl. Und freundli, des doarf ma ned vergesse."

Max war fasziniert vom Wolpertinger, der, obwohl er sich ständig ändern musste, einen sehr behaglichen, ausgeglichenen Eindruck machte.

„Ich merke schon, dass du sehr ausgeglichen bist. Vielleicht kannst du mir eine Frage beantworten."

„Ei freili - schiaß loas!"

„Kannst du mir sagen, wo das Pfefferkuchenhaus von Hänsel und Gretel ist?"

„Des Haus von der Hex, meingst wahrscheili? Des is hier die Straße runter bis zur zweiten Eiche rechts und dann immer weiter geradeaus bis zur Morgendämmerung."

„So weit noch?"

Max sah einen weiteren kilometerlangen Marsch auf sich zukommen.

„Ned so weit, gschau, der Morgen dämmert scho."

„Aber es ist doch bereits hellichter Tag."

„Moacht ja nix. Sooft wird die Morgendämmerung besungen, da reichts ned, wenns bloß oamoal am Doach passiert."

„Ach so." Max war völlig verdattert, aber es machte Sinn. Warum sollten nicht nur die Märchengestalten, sondern auch das Wetter den seltsamen Gesetzen des Märchenlandes unterworfen sein?

Max bedankte sich höflich beim Wolpertinger, der gerade den Kopf einer Ziege hatte, und verließ ihn. Er sah nicht mehr, wie der Wolpertinger seinen Ziegenkopf gegen den eines Elefanten mit Hirschgeweih eintauschte und wie der Affenschwanz an seinem Hinterteil mit atemberaubender Geschwindigkeit wuchs.

Max war frohgemut unterwegs, es tat gut, ein klares Ziel zu haben. Da kam auch schon an der ersten Eiche vorbei, kurz darauf bog er an der zweiten links ab und marschierte munter geradeaus.

Rechts stand, etwas abseits vom Weg ein hoher Turm, aus dem eine lange Strähne blondes Haar herunterbaumelte. Da musste wohl irgendjemand in der Menschenwelt sehr ausführlich das Märchen von Rapunzel erzählen. Max nahm das zur Kenntnis, ließ sich aber nicht beirren und sah kurz darauf drei Riesen. Sie hielten gerade ein Schläfchen ab und schnarchten um die Wette, so laut, dass von ferne ein Echo ihrer Nasengeräusche zu hören war.

Eben hatte er sich von dem Getöse erholt, als auch schon das tapfere Schneiderlein den Weg kreuzte, als würde es von einem Wildschwein oder Nashorn gejagt. Und tatsächlich, ihm auf dem Fuße folgte tatsächlich ein riesengroßes Wildschwein, genauer gesagt ein Eber, der dem Bösen Wolf in nichts nachstand. Er war ganz schwarz und seine Augen funkelten mordlüstern.

Max kannte das Märchen und wusste, dass das Schneiderlein die Begegnung mit dem Wildschwein heil übersteht. Sonst hätte er keinen Pfifferling auf das Überleben des Mannes gesetzt.

Danach sah er noch Aschenputtel mit ihrem Gläsernen Schuhen, König Drosselbart, der wohl gerade freihatte, sonst hätte er ja in seiner Höhle im Berg gesessen, außerdem Scheherazade mit ihrem Sultan vor dessen Palast, Hans-guck-in-die-Luft, der ständig gegen Bäume rannte und noch viele andere Gestalten.

Max wollte schon aufgeben, da sich die Morgendämmerung wohl doch mehr Zeit ließ, als er gehofft hatte, da erblickte er in einiger Entfernung eine zerfallene Hütte und erschnupperte einen leckeren Lebkuchen-Duft. Das musste das Hexenhaus sein.

Er wollte hinrennen, aber dann fragte er sich: „Ist es wirklich klug, wenn ich mich mit einer Kinder fressenden Hexe anlege?"

Hänsel und Gretel wussten ja nicht, was ihnen am Pfefferkuchenhaus bevorstand, Max aber schon. Dazu kam, dass Max bereits garfertig war, er musste nicht erst noch gemästet werden. Er war zwar jetzt ein gutes Stück schlanker, als am Anfang seiner Abenteuer. Mager war er gewiss nicht. Seine einzige Hoffnung war, dass die Hexe keinen Truthahn mochte. Wie ein solcher sah er nämlich in seinem Kostüm aus.

Nach reiflicher Überlegung hob er einen festen Stock auf, der am Waldboden herum lag und machte sich dann auf, die letzten Meter zum Hexenhaus zurück zu legen.

Es kostete ihn ziemlich Überwindung. Vor dem Haus angekommen geschah Nichts. Max brach er vorsichtig ein Stück Gebäck vom sehr niedrigen Dach ab.

Bevor er jedoch hinein beißen konnte, ertönte aus dem Inneren des Hauses eine krächzende Stimme: "Knusper, knusper knäuschen, wer knuspert an meinem Häuschen?"

Max erstarrte. Weil sich aber eine Weile danach nichts tat, biss er herzhaft in den Pfefferkuchen hinein. Dieser schmeckte auch wirklich sehr gut.

"Ich komme gleich", flötete eine Stimme aus dem Haus. Max war verwirrt. Sollte die Hexe nicht eine alte, raue Stimme haben?

Dann hörte er eine Toilettenspülung. Dann räusperte sich im Haus jemand, dann gab es ein kurzes, geflüstertes Gespräch. Max konnte nicht verstehen, worum es ging.

Plötzlich flog die Türe auf und heraus kam die hässlichste Kreatur, die Max je gesehen hatte. Die Hexe ging gebückt, wie sich das für Hexen gehört und sie hatte einen weiten schwarzen Mantel um. Das war alles in etwa so, wie es Max früher erzählt worden war. Papa war noch da und Mutter nüchtern. Sie hatten allerdings nie erwähnt, dass Hexen eine automatische Türsprechanlage hatten Ohne Zweifel kam das "Knusper, knusper..." von solch einem Gerät.

Das erklärt auch das Knistern und Knacken, während die Hexe den altbekannten Spruch aufgesagt hatte.

"Wen haben wir denn da? Etwa wieder Hans und Grete? Nein? Ich sehe schon, ein Neuer. Komm her, lass dich betasten."

Max trat vorsichtig näher, der Stock war ihm längst entfallen. Die kalten Finger der Hexe betasteten ihn, sie schnalzte mit der Zunge. "Und wohl genährt ist er! Das gibt ein Festmahl! Gleich heute Abend. Da kannst du mir auch nicht entkommen. Keine Zeit dafür, mein Leckerbissen!" Leider hatte die Hexe wohl Recht. Es war ja keiner da, der Max in letzter Sekunde hätte helfen können.
Aber Märchen gingen doch für die Guten immer gut aus, oder? Aber war Max ein Guter?
Hatte er überhaupt schon etwas Gutes getan, seit er in diesem depressiven Wald unterwegs war?
Und wer beurteilt, ob jemand gut ist, vor allem im Märchen?
Für solcherlei Fragen hatte Max Grubenberger jetzt reichlich Zeit. Die Hexe hatte ihn nämlich mit ihren Händen gepackt und ihn mit einer Kraft, die man ihr nicht zugetraut hätte, in einen Gänseverschlag gesteckt. Max hatte vergeblich versucht, sich zu wehren. Es war zwecklos.
Er rieb sich die schmerzenden Glieder und versuchte einen klaren Kopf zu bekommen. Die Hexe hatte nämlich eine Art Räucherstäbchen vor dem Gitter aufgestellt, was einem die Sinne benebelte. Anscheinend wollte sie aus Max Räucherschinken machen.

Der Käfig war recht gemütlich eingerichtet. Hänsel musste ja jedes Mal einige Tage und Nächte darin verbringen, da hatte Gretel sicher für Annehmlichkeiten gesorgt. Das Stroh war frisch und sauber, es gab sogar ein Kissen mit der Aufschrift "I love Mama", außerdem einen kleinen Vorrat an Knabbersachen wie Nüsse und Chips und eine Flasche Cola.
Die Nahrungsmittel waren wahrscheinlich von der Hexe bereitgestellt worden, um Hänsel fett werden zu lassen.
Max allerdings war nicht sehr nach Essen zumute. Die Bequemlichkeit war ihm relativ schnuppe, er musste hier heraus.
Er hatte keine Gretel, die ihm half, er war ganz allein und ihm blieben nur wenige Stunden.

Er besah sich den Stall genauer: Die Stäbe waren so weit auseinander, dass ein ausgehungerter Hänsel vielleicht sogar zwischen ihnen hindurchgepasst hätte, aber gewiss kein wohlgenährter Max Grubenberger.

Das war also unmöglich. Der Stall war sehr niedrig, also versuchte sich Max gegen die Decke zu stemmen, aber außer Kreuzschmerzen brachte das nichts ein. Langsam wurde Max mulmig zumute, er versuchte die Türe irgendwie aufzubrechen, aber das ging nicht. Er war ja auch Schüler und kein Panzerknacker.

Nach einigen weiteren Minuten geriet Max langsam, aber sicher in eine leichte Panik, die nach einigen weiteren Minuten zu einer ausgewachsenen Panik wurde. Er sah keine andere Möglichkeit, als um Hilfe zu schreien. Vielleicht war ja Gretel in der Nähe oder der Wolpertinger, oder sonst irgendeiner. Max wollte nicht gebraten werden, er wollte nach Hause.

"Mama", schrie er aus Leibeskräften. Aber ob sie es hörte? Er glaubte es selbst nicht.

"Hilfe! Irgendjemand, helft mir doch! Ich muss hier raus!" In seiner Verzweiflung hörte er zuerst nicht das sanfte Stimmchen, das ganz nah am Gänsestall erklang. Als er Luft holte, um eine weitere Serie von Hilferufen zu starten, nahm er sie zum ersten Mal wahr.

"Hallo, was tust du hier? Du bist nicht Hänsel, also hast du da drin nichts zu suchen. Ich sage meiner Schwester schon immer, dass sie sich eine Brille zulegen soll."

Eine hübsche junge Frau trat hinter dem Stall hervor.

"Bist, bist du eine gute Fee?" stotterte Max, von dieser Wendung vorsichtig angetan.

"Nein, nein, mit diesem ganzen Hokuspokus will ich nichts zu tun haben. Ich helfe nur meiner Schwester bei der Hausarbeit, wenn Gretel gerade nicht da ist."

Max konnte es nicht fassen, dass die abgrundtief hässliche Hexe und diese überirdische Schönheit Geschwister sein sollten. Konnte das eine weitere Hexerei sein?

"Du denkst jetzt sicher, wie es möglich ist, dass zwei Schwestern dermaßen unterschiedlich aussehen? Ich will es dir erklären, aber erst hole ich dich hier heraus."

Gesagt, getan. Mit einem Schlüssel öffnete sie die Tür des Stalles und Max kroch heraus, dankbar für die Befreiung, aber trotzdem immer noch vorsichtig. Man konnte ja nie wissen.

Nachdem er sich mit der undurchsichtigen Schwester in einem Nebenraum der Backstube an einen Tisch gesetzt hatte, fing sie an zu erzählen: "Meine Schwester, du hast sie ja offensichtlich schon kennen gelernt, sah mir früher sehr ähnlich, sie war auch gleichsam freundlich wie ich. Aber immer wenn unser, verzeih, ihr Märchen erzählt wurde, wurde sie hässlicher und böser. Ich versuchte, ihr darüber hinwegzuhelfen, aber jedes Mal blieb eine Kleinigkeit zurück. Und jetzt sieht sie so aus, wie du sie gesehen hast."

"Aber in dem Märchen ist doch nie von einer Schwester der Hexe die Rede", wandte Max ein.

"Du hast Recht. Und das ist ein Glück. Wenn ich in dem Märchen vorkäme, könnte ich dir jetzt nicht helfen, denn das ist einzig und alleine die Bestimmung Gretels. Und die rettet nur ihren Bruder, verstehst du?"

"Ja", Max hatte nicht wirklich verstanden. "Aber es kann doch auch nicht deine einzige Aufgabe sein, verirrte Leute aus der Menschenwelt zu retten?"

"Ist es auch nicht. Ich mache das heute zum ersten Mal. Normalerweise rette ich meine Schwester immer, wenn sie von Gretel in den Ofen gestoßen wird."

Max hatte langsam seinen Schock und die Angst vor dem Gefressenwerden verdaut.

"Wie machst du das?"

Die Schwester antwortete leichthin: "Ich habe immer diesen Eimer Wasser neben dem Ofen stehen. Wenn Hänsel und Gretel weg sind, schütte ich den in den Ofen und das Feuer geht aus."

Max konnte es nicht glauben.

"Aber die paar Augenblicke, bevor die zwei Kinder weglaufen, bringt das die Hexe nicht schon um?"

"Ach was! Unkraut vergeht nicht und mit der Zeit wurde sie ja auch abgehärtet. Aber nenne meine Schwester bitte nicht 'Hexe', ich weiß das ist sie, aber sie hat auch einen richtigen Namen: ‚Esmeralda'."

"Noch eine, nein zwei Fragen."

Max wollte die Unterhaltung mit Anstand zu Ende bringen.

"Erstens, gibt es noch mehr Helfer wie dich, die in keinem Märchen vorkommen?"

"Natürlich. In jedem Märchen, wo jemand zu Tode kommt oder eine sehr gefährliche Situation entsteht gibt es einen oder eine, manchmal sogar mehrere. Wir haben hier eine große Doppelgänger- und Stuntindustrie."

"Aha, dass ich mir das nicht gleich gedacht habe! Und zweitens, weißt du, wie ich wieder zurück in den Palast kommen kann?"

"Nichts ist leichter als das! Du musst nur hier durch den Hexenofen kriechen, den ich für dich doppelt so heiß anfeuern werde, wie normal."

Max wurde schwindlig. Leicht nannte sie das. Tödlich würde er es nennen. Dass er sie nicht eher durchschaut hatte. Sie hatte ihm das alles nur erzählt, um ihn einzulullen, damit er freiwillig in den Ofen kroch, und sie und die Hexe keine Arbeit damit hatten, ihn hinein zu schieben.

Er beschloss, listig zu sein: "Eine andere Möglichkeit gibt es wohl nicht?" fragte er und sah sich nach einer Fluchtmöglichkeit oder wenigstens einer Waffe um. Sein Blick fiel auf den Brotschieber. Die Schwester im Auge behaltend, stand er langsam auf und schnappte sich mit einer schnellen Bewegung den Brotschieber, er ließ ihn aber gleich wieder fallen mit einem Aufschrei, denn der Schieber war glühend heiß und kaum, dass er ihn berührt hatte, war er auch schon zu Asche zerfallen.

"Warum traust du mir nicht?" Traurig sah in die Schwester der Hexe an. "Es ist die einzige mir bekannte Möglichkeit. Du magst weiter durch das Märchenland ziehen und nach einer besseren Gelegenheit suchen, aber ich kann dir garantieren: Feuer ist immer mit im Spiel."

Max zögerte noch. Waren das vielleicht alles nur Worte? Es war nicht einfach, jemand so Fremden zu vertrauen. Aber Max hatte mittlerweile genug von seiner Kostümierung und wollte nur noch nach Hause. Außerdem würde Esmeralda sicher bald zurückkommen, und da wollte er gerne schon fort sein. Was hatte er schon zu verlieren, außer seinem Leben?

Die Schwester legte schon Holzscheit um Holzscheit im Ofen nach. Max wurde sich zunehmend bewusst, dass er sich in einer verzwickten Lage befand. Man konnte ja auch nicht davon ausgehen, dass die Schwester ihn zur Tür hinausgehen ließ. Vielleicht tat sie es, vielleicht versteinerte sie mit ihrem geheimen Zauberblick. Möglicherweise verfügte sie über solche Fähigkeiten Immerhin war ihre Schwester die berühmteste Hexe überhaupt.

Max kämpfte innerlich, aber schließlich siegte die Verzweiflung. Er tat einen Schritt auf den Ofen zu, dann noch einen und ohne sich zu verabschieden, streckte er seine linke Hand ins Feuer. Das brannte ihm zwar alle Härchen ab, tat aber nicht weh. Sollte die Schwester doch die Wahrheit gesagt haben?

"Dreh dich nicht um!" rief sie ihm gerade noch rechtzeitig zu, denn Max wollte sich eben bedanken.

"Du musst dich konzentrieren und immer nach vorne schauen, was auch passiert! Lebewohl, und erzähle niemandem von mir!"

Max bewegte sich weiter auf das Feuer zu und hinein. Nach etwa einem halben Meter bekam er einen Riesenschreck. Er stand in Flammen! Er spürte allerdings keinerlei Schmerz, nur sein Kostüm war in verbrannt. Ihm stand der Schweiß auf der Stirne.

Nicht, weil es so heiß war. Die Konzentration strengte ihn dermaßen an, dazu war er schon einige Kilometer auf dem Bauch gekrochen, wie ihm schien. Uund das alles im Inneren dieses riesenhaften Hexenofens. Zeitweise dachte Max, er würde das Ende nie erreichen.

Doch dann sah er in einiger Entfernung einen schwarzen Punkt. Erleichtert wischte er sich den Schweiß von der Stirn und stellte dabei zu seinem Entsetzen fest, dass er auf dem Kopf völlig kahl war.

Keine Wimpern, keine Augenbrauen und vor allem kein Haupthaar (was das Einzige gewesen war, mit dem er an sich nicht unzufrieden gewesen war).

Max war verzweifelt. Was würde Mutter sagen? Und was Aliena? Trotzdem unternahm er eine letzte Anstrengung, um dem schwarzen Punkt zu erreichen. Hoffentlich war das der Ausgang. Er konnte nicht abschätzen, wie weit es noch war. Zwei Meter oder zweitausend, nur nicht aufgeben! Etwa zwanzig Meter weiter fielen er und viele glühende Kohlen mit ihm aus dem Ofen. Er landete weich und fand sich im Palast wieder.

Auf den Schreck hin streckte er sich nach Wasser, was dann auch sofort in rauen Massen von oben kam: kühl, frisch und belebend.

Die Kohlen zischten und dampften um ihn herum, und Max aalte sich in dem feuchten Element und trank auch ausgiebig.

Als dem Wasser langweilig wurde und es aufhörte, zu strömen, stand Aliena bereit mit einem superweichen Bademantel. Max schlüpfte hinein.

Wieder zuhause

Max lungerte am Kamin, den er sich zusammen mit einem Sofa, einem Tisch und einem Nachmittagstee von der Decke geholt hatte. Neben ihm saß aufrecht, als hätte sie einen Stock verschluckt, Aliena.

Max war noch ganz aufgeregt wegen der vielen Abenteuer, die er im Reich der Märchen erlebt hatte. Früher hatte er sich nichts zugetraut, aber jetzt schien es ihm, dass ihn Nichts und Niemand mehr aufhalten konnte.

Er war jetzt selbstbewusst, vielleicht zu selbstbewusst. Es ist jedoch nicht ungewöhnlich, dass schlechte Eigenschaften, so sie denn überwunden werden, in das übertriebene Gegenteil umschlagen. Meistens gibt sich das nach einer Weile und der Betreffende findet das richtige Maß.

Zurück zu Max: Er saß also selbstzufrieden vor dem Kamin, an seiner Seite eine schöne Frau. Was wollte er mehr?

„Ach, Aliena, es könnte ewig so weitergehen!"

Aliena wog ihre Antwort sorgfältig ab: „Es könnte, aber du könntest dich dabei verlieren. Du könntest, genau wie ich, dich so an das Leben hier im Palast gewöhnen, dass du wieder komplett so wie früher wirst. Bequem und feige."

„Aber ich bin es doch nicht mehr. Bequem und feige, meine ich?"

„Nein, das bist du nicht. Ich sage ja nur, dass du das wieder werden könntest."

„Das glaube ich nicht. Keiner meiner Klassenkameraden hat je so viele Abenteuer und Gefahren bestanden. Nicht einmal Friedrich."

„Friedrich? Ach so, der, der dich immer geärgert hat."

„Ja der. Aber jetzt werde ich es ihm zeigen."

„Dazu müsstest du den Palast verlassen, müsstest du mich verlassen."

„Kann ich dann nicht mehr zurückkommen?"

„Wer weiß? Manche können, andere nicht. Ich weiß nicht, zu welcher Sorte du gehörst."

„Hast du denn keine Zauberkugel oder so was, wo du die Zukunft sehen kannst. So etwas kommt doch in vielen Märchen vor."

„Märchen? Das hier ist kein Märchen. Das ist die echte Welt, jedenfalls für dich. Anders zwar, als du sie früher kanntest. Aber der Palast besteht in der Wirklichkeit, in Deiner und in meiner."

„Meinetwegen, also kannst du nicht in die Zukunft sehen?"

„Kann ich zum Glück nicht. Aber ich habe so eine Ahnung, dass alles gut wird. Vielleicht anders, als du es dir vorstellst. Dennoch wird alles seinen Gang gehen."

Max war hin- und hergerissen. Einerseits wäre er gerne bei Aliena geblieben, andererseits wollte er es auch Friedrich heimzahlen. Außerdem beabsichtigte er, seine Mutter wieder zu sehen und Aishe.

Aber wenn er nicht mehr in den Palast zurückkam?

Wenn diese Entscheidung endgültig sein sollte?

„Ich kann dir nicht helfen bei deiner Entscheidung, aber du wirst schon das Richtige tun."

Max überlegte lange. Der Kamin und der Tisch waren schon aus Langeweile verschwunden und das Sofa begann auch sich aufzulösen.

Er saß mitten in einem riesigen weißen Raum ohne Fenster. Er war ganz allein auf sich gestellt trotzdem Aliena neben ihm saß und zärtlich seine Hand hielt.

Sie verlassen? Sie, für die er all die Gefahren überstanden hatte? Sie, die immer für ihn da gewesen war? Sollte er wirklich zurück in das Elend an der Schule, das Elend zu Hause?

Aber er sah auch ein, dass es relativ einfach war, mutig zu sein, wenn man in bequeme Klamotten gekleidet war und de facto unsterblich. Er hatte Schmerzen gehabt, sicher, aber waren sie nicht schneller vergangen, als daheim?

Wer weiß, wie lange er an den Prügeln im Duschraum zu knabbern gehabt hätte, wäre er nicht in die Obhut und Fürsorge von Aliena gekommen? Max wollte gerne ausprobieren, wie sich seine neu gewonnene Kraft im wahren Leben auswirken würde. Schließlich rang er sich zur alles entscheidenden Frage durch: „Kann ich wirklich einfach so gehen?"

„Du kannst, wenn du sicher bist, dass du willst."

„Ja, ich will." antwortete Max im Brustton der Überzeugung, obwohl er sich nicht wirklich sicher war. Aber er merkte, dass das von ihm erwartet wurde. Außerdem wartete Friedrich noch auf eine ordentliche Abreibung.

~~~

"Sie hat ihn gehen lassen." "Das muss ein Programmfehler sein, die Auswertung ist noch nicht fertig." "Und nun?" "Lasst uns versuchen, das irgendwie hinzutricksen, damit wir die Versetzung schaffen." "Kannst du mal nachschauen, wo der Fehler bei der Cyborg-Frau liegt?" "Bei Aliena? Mach ich." "Hoffentlich klappt die Abgabe, ich habe keine Lust, weiter in der zweiten Klasse zu bleiben." "Ich will auch endlich mal etwas Richtiges machen. Weltenprogrammierung ist mir schon lange nicht mehr genug." "Aber der Trick mit dem Autor war doch genial." "Niemand wird je dahinter kommen, dass wir ihn programmiert haben, uns zu erfinden, die wiederum ihn erfinden." "Man muss schon einen sehr hohen Intelligenzquotienten haben, um da durchzublicken." "Ja, mehr jedenfalls als dieser Max." "Haben wir den eigentlich auch erfunden?" "Nein, der ist das einzig wirklich echte an unserem Versuch gewesen." "Worum ging unser Versuch eigentlich?" "Keine Ahnung." "Weiß ich auch nicht." "Ist ja auch egal, lasst uns was Essen gehen."
Mit diesen Worten verließen sieben seltsamen Gestalten den Versuchsraum und begaben sich ins Freie. Auf einer kleinen Anhöhe richteten sie sich nach der Sonne aus und schmatzten mit jeder Faser ihres Körpers, als die Photosynthese in ihnen ihre Nahrung erzeugte.

~~~

Unterdessen stand Max vor seiner Schule. Er war ordentlich gekleidet und hatte die Taschenuhr seines Vaters dabei. Wie er dorthin gekommen war, wo er die Taschenuhr her hatte? Das wusste er nicht, aber das war jetzt auch unwichtig. Wichtig war nur, dass er Friedrich fand und ihn ordentlich vermöbelte. Die Schule war verdächtig still. Auch bemerkte er, dass es langsam Herbst wurde. Soweit er sich erinnern konnte, war er im Frühling entführt worden.

Er war also ein halbes Jahr im Palast gewesen. Jetzt glaubte er Aliena, dass man dort leicht vergessen konnte.

Max betrat die Schule. Niemand war da, aus keinem Klassenzimmer klang der Lärm unbeaufsichtigter Schüler oder das Lehren eines Lehrers. Max schlenderte durch die Gänge. Am schwarzen Brett wurde er auf das Bild eines Jungen aufmerksam, der ihm verdächtig ähnlich sah.

‚Trauerfeier' stand in großen schwarzen Lettern darüber.

‚Alle Schüler und Kollegen sind eingeladen, sich an der Trauerfeier für unseren Schüler Max Grubenberger zu beteiligen.'

„Die halten mich für tot. Aber ich lebe doch. Ich muss gleich zum Friedhof und mich ihnen zeigen. Friedrich wird Augen machen! Aber bestimmt ist der gar nicht da. Ob meine Mutter hingegangen ist?"

Max beschloss, zunächst nach Hause zu gehen. Er hätte keinen speziellen Grund nennen können, wieso es ihn ausgerechnet dorthin zog. Er hatte die letzten Jahre doch nur Demütigung um Demütigung einstecken müssen. Aber die Schule war verlassen und so war sein Zuhause der einzige Ort, wo er sein früheres Leben wieder aufnehmen konnte. Max schlenderte durch die Straßen, sie waren ebenso ausgestorben wie der Schulhof. Alle Geschäfte waren geschlossen.

‚Aus Rücksicht auf die gegebene Umstände geschlossen' stand an der Bäckerei Hagelstolz auf einem Plakat mit schwarzem Rand. Was meinen die damit? Etwa mein Verschwinden?

Zuhause angekommen drückte Max vorsichtig die Türe auf. Das Schloss war schon seit Jahren kaputt, deshalb war nie abgeschlossen, und die Mutter von Max war sowieso meistens zuhause. Außerdem gab es nichts in der Wohnung, das einen Einbrecher interessiert hätte.

Max fühlte sich wie ein Fremder, obwohl er den Großteil der Einrichtung wieder erkannte, die Wohnung war in einem gewohnt wüsten Zustand. Auch der Dunst von Alkohol hatte sich zu seiner Erinnerung kaum verändert. Als er ins Wohnzimmer trat, saß auf dem Sofa seine Mutter, eine Flasche am Mund. Sie drohte, jeden Moment von der Kante zu kippen und fand gerade noch Kraft, Max anzuschnauzen: "Max, bist du es? Oder ein Geist? Geh weg! Verschwinde!"

"Mama?" So hatte Max sich seine Heimkehr nicht vorstellt.

"Mama, ich bin's. Ich bin wieder da."

"Verschwinde, hau ab! Ich brauche dich nicht mehr. Du warst so lange weg. Geh weg!"

Max war verwirrt. Ging es seiner Mutter so schlecht? Erkannte sie in ihm überhaupt nicht mehr ihren Sohn? Den Sohn aus ihrer Ehe mit dem einzigen Mann, den sie je wirklich geliebt hatte? Max schluckte, hier war er jedenfalls nicht willkommen. Er würde später noch einmal vorbei schauen, vielleicht wäre sie dann zumindest ansprechbar.

An wen sollte er sich nun wenden? Er beschloss zum Friedhof zu gehen und seiner eigenen Beerdigung beizuwohnen, vielleicht sah er dort die nette Verkäuferin oder einen der weniger bösartigen Lehrer. Auch auf dem Weg zum Friedhof waren die Straßen wie ausgestorben.

"Wie nach einem Atombomben-Angriff", dachte Max, "scheinbar bin ich doch einigen Leuten wichtig."

Er beschleunigte seine Schritte und bald kam der Friedhof in Sicht. Schon von Ferne dröhnte ihm die Stille in den Ohren. Unzählige Bürger waren versammelt, alle blickten bedrückt drein, einige tuschelten vorsichtig miteinander. Was es im Angesicht des Verlustes seiner selbst zu schwätzen gab, interessierte Max sehr.

Er versuchte sich vorsichtig einer Gruppe von vier älteren Damen zu nähern, die ziemlich erbost aussahen.

Max hatte sie noch nie gesehen, was sie aber untereinander redeten, berührte eine empfindliche Stelle in ihm: "Sie hätte ja wenigstens zur Gedenkfeier für ihren einzigen Sohn kommen können."

"Man sollte sie zu einer Entziehungskur verpflichten."

"Dass sie ihre Sucht so lange geheim halten konnte - unglaublich."

"Kein Wunder, dass der Junge fortgelaufen ist."

"Er ist sicher nicht fortgelaufen. Dann hätte ihn die Polizei längst gefunden. Ich sage euch, er wurde entführt und ermordet."

"Wie ich gehört habe, soll er seine Mutter innig geliebt haben."

"Diese Schlampe?"

"Immerhin seine Mutter. Er hat praktisch den Hauhalt geführt, sie war ja immer betrunken."

"Sie war? Sie ist es offensichtlich schon wieder, sonst wäre sie hier."

"Vielleicht hat sie ihn selbst umgebracht."

Nachdem diese Weiber kein gutes Haar an seiner Mutter gelassen hatten, mischte Max sich ein: "Vielleicht hat sie ein gebrochenes Herz, weil ihr Ehemann so plötzlich verschwunden ist?"

Eine der Damen plusterte sich auf: "Ruhe, das ist hier immerhin eine Gedächtnisfeier für ein unschuldiges Kind. Warum bist du nicht bei deiner Klasse?"

Sie sah sich wichtigtuerisch um, aber Max hatte sich schon tiefer in die Trauergemeinde verkrochen, er musste etwas klarstellen. Dass seine Mutter jetzt in Schwierigkeiten war ob seines ungeklärten Verschwindens, machte ihm schwer zu schaffen. Er würde diese Missverständnisse sofort aus der Welt schaffen, er würde einfach nach vorne ans Rednerpult gehen und sein Verschwinden aufklären.

Der Gedanke war schnell gefasst, das Durchkommen aber erwies sich als Herausforderung, die Trauergemeinde stand einfach zu eng. Nach einigem leichten Schubsen und Drängeln stand der lange Vermisste vorne in der ersten Reihe. Gerade hielt Herr Maier eine Grabrede.

Ausgerechnet der Maier! Welch aufmerksamer und ehrgeiziger Schüler Max gewesen sei, vor allem in Sport, und dass er, Maier, ihn leider nicht genug unterstützt hätte.

Max sah den Zeitpunkt für seinen Auftritt gekommen, er schlendert lässig neben den Lehrer und drängte ihn vom Mikrofon weg.

"Aber Herr Maier, ich fühlte mich von ihnen nie unterfordert, ich war in Sport schlecht. Ich habe mich bemüht, konnte aber nie ihren hohen Anforderungen gerecht werden. Wissen Sie noch, sie haben mich in unserer letzten gemeinsamen Stunde hinausgeworfen?" Der Lehrer war perplex: "Wer bist du? Mach hier bitte keine geschmacklosen Scherze."

"Mache ich auch nicht, aber die Wahrheit soll ans Licht kommen."

"Da ist der Max!" Ein schriller Aufschrei von der Seite ließ den Erwähnten herumfahren. Die dicke Verkäuferin aus der Konditorei bahnte sich mit aller Kraft eine Bahn zu Max und drückte ihn an, oder besser in ihre üppige Brust, Max bekam kaum noch Luft, trotzdem war er froh, von einem Menschen ehrlich willkommen geheißen zu werden. Er machte sich los und strahlte die Bäckersfrau an: "Ich habe Sie vermisst!"

"Ich dich auch, jeden Tag hoffte ich, du kämest durch die Tür und kauftest Plundertaschen." Wie ein Lauffeuer hatte sich die frohe Nachricht bis zu den am weitesten Außenstehenden herum gesprochen. Der eben noch friedliche Gottesacker hallte wieder vom Jubel der Anwesenden. Die meisten hatten Max nicht persönlich gekannt, aber im allgemeinen Trauerrausch waren sie auch zur Feier gekommen, teils in der Hoffnung auf eine schöne Rede, teils aus ehrlicher Anteilnahme.

"Du hattest dich fein versteckt, mein Junge", Max wirbelte herum und sah in das strenge Gesicht eines wohlbeleibten Kriminalkommissars.

"Am Besten kommst du mit mir aufs Revier. Und bitte: Keine Spielchen. 'Vortäuschen einer Entführung' ist eine heikle Sache."

"Aber ich habe doch gar nichts vorgetäuscht, ich war wirklich weg." Max versuchte sich loszumachen, aber die Hände des Polizisten umklammerten ihn wie Schraubstöcke.

"Komm mit, es hat keinen Zweck, sich zu wehren", der kurze Geduldsfaden des Kommissars war bereits auf dem Weg zu reißen. Entsprechend ruppig schob er den potentiellen Sträfling vorwärts. Max gab seine Gegenwehr auf und fügte sich der Staatsgewalt. Die Menschenmenge war bereits seit dem Auftauchen von Max dabei, sich zu zerstreuen, weswegen nur noch einige wenige die Verhaftung des Schülers beobachteten. Die vier alten Damen, die vorhin über seine Mutter gelästert hatten, sahen all ihre Vorurteile bestätigt. Offenbar kam auch der Sohn dieser schlechten Person mit dem Gesetz in Konflikt. Zufrieden über ihre vorzügliche Menschenkenntnis zogen sie naserümpfend ab.

"Ich habe ihnen doch schon ein paar Mal gesagt, ich bin nur in den Wald gelaufen, um mich abzureagieren und wieder einen klaren Kopf zu bekommen."
"Und dann kamen diese seltsame Gestalten, die dich in einen Palast gesteckt haben?"
"Ja, ich habe es ihnen doch gesagt."
"Mein lieber Junge, deine Geschichte ist völlig unglaubwürdig. Du kannst ja nicht einmal eine konkrete Personenbeschreibung geben. Aber ich muss zugeben: Du hast eine blühende Phantasie. In diesem 'Märchenland', wo du angeblich warst, gab's bestimmt auch fliegende Teppiche?"
"Ich hab einen gesehen, aber selbst geflogen bin ich damit nicht."
"Jetzt reicht es mir aber. Lügen ohne rot zu werden. Kein Wunder, dass deine Mutter dich nicht als vermisst gemeldet hat."
"Wer dann?"
"Eine Nachbarin hat sich Sorgen gemacht, weil sie dich lange nicht gesehen hatte. Du hast die ganze Stadt in Aufruhr gebracht, man hört ja heutzutage so viel von Kindesentführungen. Nun gib doch endlich zu, dass du dich nur wichtig machen wolltest."
"Nein."
Der Kommissar griff sich an die Stirn und drehte sich zur Seite, langsam kamen ihm leichte Zweifel an seiner Vorgehensweise.

"Schon gut, wenn du mir den wahren Grund deines Verschwindens sagst, bekommst du soviel Süßigkeiten, wie du dir nur wünschen kannst."

"Kein Interesse. Ich habe auf meinen Abenteuern Süßigkeiten gegessen, dagegen können sie mir nur einen müden Abklatsch bieten."

Der Kommissar schnappte nach Luft. Diesem Knirps war wirklich nicht beizukommen. Wie froh war er, als ein kurzer Telefonanruf ihn aus dem Vernehmungszimmer holte. Max war zufrieden mit sich, dennoch machte er sich große Sorgen.

Was sollte geschehen, wenn er tatsächlich ins Gefängnis gehen musste. War er mit zwölf überhaupt schon strafmündig?

Was würde mit seiner Mutter geschehen, nun, da ihre Sucht stadtbekannt war?

Wie sollte das Leben für ihn weitergehen?

Sein neu gewonnenes Selbstbewusstsein hatte während des Verhörs unbemerkt ziemlich gelitten, obwohl er sich das natürlich nicht hatte anmerken lassen.

Mitten in seinen Überlegungen kam der Polizist wieder, lächelte erleichtert und hatte jemanden dabei. Max konnte zuerst nicht erkennen, wer das sein mochte. Hinter dem kräftigen Körperbau des Kommissars blieben andere Leute naturgemäß weitgehend unsichtbar.

Als der Beamte endlich zur Seite trat, erkannte Max den liebsten Menschen, den er kannte: seinen Vater. Seinen urplötzlich verschwundenen, lange vermissten Vater.

Max sprang auf und rannte auf ihn zu, Herr Grubenberger schloss seine Arme um ihn, als wollte er ihn nie wieder loslassen. Max ließ seiner Tränenflut freien Lauf und auch sein Vater musste laut schniefen. Selbst der Polizist konnte nicht verhindern, dass ihm eine Träne über die Wangen lief.

"Jetzt ist alles wieder gut!" rief Max und tanzte in der Wachstube umher. "Warst du schon bei Mutter?"

"Nein, aber da gehen wir gleich zusammen hin, in Ordnung?" er blickte zwischen dem Polizisten und Max hin und her.

"In Ordnung", Maxens Zustimmung war sofort erteilt. "Na ja-" Der Polizist zögerte, als er aber die wiedervereinte Familie sah, sagte er gespielt grob: "Jetzt aber raus hier!" Er konnte sich ein Lächeln nicht verkneifen und sah den Grubenbergers lange nach. Zwei Söhne hatte er selbst und konnte daher die Wiedersehensfreude gut verstehen.

Lange konnten sich Vater und Sohn nicht einigen, wer zuerst seine Erlebnisse der vergangenen Jahre erzählen sollte. Sie beschlossen, Stöckchen zu ziehen, und das Los fiel auf den Älteren. Herr Grubenberger berichtete von seiner Zeit bei der französischen Fremdenlegion. Durch einen unglücklichen Zufall war er da hineingeschliddert und musste den Dienstvertrag durchhalten. Kontakt zur Außenwelt war streng verboten. Einige angefangene Briefe hatte er dennoch dabei und zeigte sie Max. Dem kamen ein ums andere Mal die Tränen und auch der Vater schniefte käftig. "Jetzt du", forderte er seinen - jetzt gar nicht mehr so kleinen - Sohn auf. "Also, ich war wie üblich in der Schule, dann ging alles schief... " Max blickte versonnen in die Ferne und sah die Sonne untergehen. "Soll ich nicht später weiter erzählen? Lass uns nach Hause gehen zu Mama." "Du verstehst es wirklich, Leute auf die Folter zu spannen, aber du hast Recht, lass uns gehen. Soll ich dich Huckepack nehmen?" "Schaffst du das?" "Natürlich, für irgendwas muss die Plackerei in der Wüste ja gut gewesen sein. Und ein Leichtgewicht wie Du ist für mich doch kein Problem." Max war erschöpft vor Glück und nahm gerne das Angebot seines Vaters an. Stolz ritt er zurück in die Stadt.